くろねこルーシー

Chat Noir Lucy

上

永森裕二［原案］
倉木佐斗志［著］

竹書房文庫

Los Angeles A Certain Style
ELLE DECO
ELLE DECO
フランク・ロイド・ライト

Chat Noir
Lucy

Contents
目次

Chat Noir Lucy

主な登場人物

鴨志田陽……リストラされて現在無職。

佐山美紀……陽の彼女。

鴨志田幸子……陽の母。父親の想い出を綴った『占い師の妻』の著作がある。

鴨志田賢……陽の父。占い師であったが、陽が幼い頃に亡くなった。

黒猫ルー（オス）……陽がひょんなことから飼うことになる子猫。

黒猫シー（メス）……陽がひょんなことから飼うことになる子猫。

清原ゆり江……鴨志田家の隣人。

佐藤純導……占い師。かつて陽の父の弟子だった。

白藤紅葉……獣医。

君塚タエ……占いスクールの代表。

くろねこルーシー　上

第一章
先人は言う。黒猫が横切るとなんたら……

路地から顔を出した黒猫を見て、鴨志田陽《かもしだよう》は思わず足を止めた。

「しっ」

追い払おうと手首を返す。

黒猫はぴたりと動きを止め、じっと陽の顔を見上げてきた。

「動くなよ……」

陽はビジネスバッグを胸の前で抱え、忍び足で歩きはじめた。

だが黒猫が再びそろそろと前足を上げはじめる。

すかさず陽は手のひらを前へ突き出した。

「待て。ストップ！」

強い意思を込めて、黒猫の瞳《ひとみ》を見つめ返す。

気持ちが伝わったのか、黒猫は踵《きびす》を返して、元の路地へと引っ込んでいった。

ほっと息を吐いた。

額に浮かぶ嫌な汗を拭《ぬぐ》って、足を踏み出す。

と――。

「あ」

先ほどとは異なる、黒い子猫がさっと目の前を横切った。

子猫は向かいの路地に入る手前で立ち止まると、振り返って陽を見上げた。「にゃあ」と鳴き、そのまま姿を消してしまう。

まるで「引っかかったな馬鹿め」と言わんばかりだ。

陽が呆然《ぼうぜん》としていると、先ほどの黒猫までもが現れ、やはり道を横切っていった。

「なぜだ……」

なぜなんだ。

いまの二匹で七五四回目。

日本にどれだけの野良黒猫が生息しているのか知らないが、この数字は異常だろう。陽は今年で三十五歳になるので、半月に一回は黒猫に前を横切られている計算になる。

黒猫が目の前を横切ると不幸が訪れる――。

迷信だとわかってはいるが、こうも頻度が高いと、気にならないほうがおかしい。

「なにしてる？　行くよ」

肩を叩《たた》かれ、陽は振り返った。

上司の福原《ふくはら》がいぶかしげな顔で陽を見ている。

「あ、はい」

言った直後、路地から猫の鳴き声が聞こえてきた。

その声から逃れるように、陽は急いで福原のあとを追った。


福原が選んだ一軒家の玄関に立った。敷地の広さといい、外装といい、それなりに裕福そうな印象を受ける。

陽たちの仕事は浄水器の訪問販売だ。

現れた主婦にカタログを見せながら、笑顔で商品を説明する。

「この方式のカートリッジを使用している浄水器ですと、一年間、取り替えいらずでして」

「黒しかないの？」

「は？」

「色よ。黄色ないの、黄色」

「黄色ですか」

カタログの目次に戻り、製品一覧の中から探してみる。

だが紹介した型に黄色の浄水器は見当たらない。他の型にもなさそうだ。

主婦が横からカタログをのぞきこんでくる。

「水場に黄色あったらいいって、よく言うじゃないの」

「そうなんですか？」

「黄色は金運アップだし」

言われてみれば、この家の玄関は黄色だらけだった。上がり框《かまち》に敷かれた絨毯《じゅうたん》も黄色、靴箱に備え付けられている靴べらも黄色。風水かなにかに凝っているらしい。

「……ないですね。黒オンリーです」

陽が告げると、主婦は不服そうに眉《まゆ》を寄せた。

「そう。黒って嫌いなのよね」

「私もです」

黒猫の姿が頭に浮かび、思わずうなずいてしまう。

しまった、と思って振り返ると、案の定、福原がとがめるような目で陽を見ていた。

「黒のなにが悪いんだよ？」

そう言い、福原はタバコの煙をふーっと吐き出した。

コンビニの前に置かれた灰皿へ、神経質そうに灰を落とす。

「すいません、つい」

「色は問題じゃないでしょ。売るのは浄水器。わかる？」

「でも、黒だけっていうのは」

「もう自社商品に文句ですか。色なんかに気がまわらないように、べらべらしゃべってアピールするのが仕事でしょ」

「はい」

陽は、いまの会社に入ってまだ一週間足らずだ。

たしかに福原の言うとおりだな、と反省する。

「浄水器なんて、持ってない家にとっちゃ贅沢《ぜいたく》品なんだからさ。飛び込みで買わせるには、一にも二にも気合でしょ」

「気合、入れます」

「本当に入ってんの？　リストラされたんでしょ。心機一転、浄水器売ってカラ破りなよ」

なぜそこまで言われなくてはならないのか、とも思うが、少なくとも福原はリストラされておらず、いまの職場でそれなりの成果を出している。

陽に反論できる要素はなにひとつない。

「……はい」

また、さっき見た黒猫の姿が思い浮かんだ。

なにもかもあいつらのせいだ、と、心の中で毒づく。

結局、この日の販売数はゼロで終わった。

重い足取りで家路につき、自宅のアパートへ帰ってくる。

階段を上がって鍵《かぎ》を取り出していると、香ばしい匂《にお》いが漂ってきた。

扉には鍵がかかっておらず、開けると玄関には女性サイズのスニーカーがそろえられている。

ジューッという油の音に視線を上げると、台所に立つ美紀《みき》の後ろ姿が目に入った。

「来てたんだ」

声をかけると、美紀は料理の手を止めて振り返った。

「お帰り。お、スーツ姿」

美紀とはもう五年の付き合いになる。彼女は実家暮らしだが、こうしてたまに合鍵を使って部屋に入り、陽の帰りを待っていてくれる。

性格は明るく、料理もかなり上手《うま》い。一応は美人の部類に入るだろう。彼女が陽のような運の悪い男と付き合ってくれているなんて、それこそ奇跡だと思う。

「スーツ姿の陽くん、久しぶりじゃない？」

「早くも挫《くじ》けそうだけどね」

思わず弱音を吐いてしまう。

「今朝《けさ》のテレビ、さそり座は仕事運五位だったよ」

一応は励ましているつもりらしい。彼女は占いが好きで、ふだんからテレビや雑誌の占いコーナーを片っ端からチェックしている。

陽は上着をハンガーにかけながらたずねた。

「五位っていいの？」

「十二個中五位だから、いいでしょ」

「微妙だなあ」

なんとなく、三位以下はみんな似たようなものに思える。

「そういや明日だっけ？　お父さんの七回忌」

美紀が皿を持って部屋に入ってきた。鶏肉を使った炒《いた》め物は、見るからにうまそうだ。

いいタイミングで帰れたな、と思う。

「うん。入っていきなり休暇届だから、嫌味は言われたけどね」

「ひどい。辞めちゃえば？　六白金星は今年、変動の年だってよ」

「軽く言ってくれるよ」

苦笑しつつ、美紀から皿を受け取る。

「私も行ったほうがいいかな？　お父さんの七回忌」

「いいよべつに。夫婦じゃないんだし」

「陽くんのお母さんにも、ずいぶん会ってないし」

「あの人は大丈夫。猫さえいれば」

元々は父が飼っていた双子の黒猫を、母の幸子《さちこ》はいまも大切に育てている。

「猫かあ」

美紀はご飯の盛られた茶碗を持ってきて、テーブルに並べた。

「陽くんは、猫飼う気ってあるの？」

上目づかいで訊《き》いてきた。

なにをいまさら、と陽は思う。

陽はふだんから「自分は黒猫が嫌いだ」と公言しているし、それはまぎれもない事実だ。

昼間見た、黒猫の姿がまた思い出された。

「ないに決まってるよ。黒猫じゃなくたって遠慮したいね」

「そっか」

美紀はなぜか口もとをほころばせて、ほっとした様子で台所へ戻っていった。


「やった、さそり座一位。陽くんさそり座だよね？」

トーストをかじりながら、美紀が我がことのように喜ぶ。

テレビへ目を向けると、ニュース番組の占いコーナーが流れていた。「さそり座」というテロップが派手に光っている。

「一緒だよ。毎日」

喪服に腕を通しながら言うと、美紀は不満そうに頬を膨らませた。

「一緒じゃないよ。昨日は五位だったんだから」

「くだらない」

同じ星座の人間がみんな同じ運勢でたまるか、と思う。

テレビの画面では「ラッキーカラーは金！」などと無責任な文字が躍っている。

ふと美紀のほうへ目を戻すと、なにやら自分のバッグに手を突っ込み、ごそごそと中をかきまわしていた。

「なに？」

「あった。これ」

美紀が立ち上がり、バッグから取り出した物体を顔の前に掲げる。

どうやら女性用のピアスらしい。

彼女はピアスを陽の、喪服のポケットにすっと入れた。

「ほら、金。ラッキーカラーのやつ」

「だからさ。こういうのって、信じてない人が守ってもダメなんでしょ？」

「信じればいいじゃない。占い師の息子なんだから」

たしかに陽の父親、鴨志田賢《けん》は占い師だった。

そのために陽が受けた被害は計り知れない。父親が占い師でなければよかったのに、もう少し普通の職業についていればよかったのに、と何度思ったことだろう。

これまでの、不幸の数々が脳裏によみがえってくる。

「……嫌なこと思い出させないでくれる?」

「これ言うとすぐ不機嫌になる」

呆《あき》れた声を出して、美紀は腰に手を当てた。

「わかってるなら言わなきゃいいだろ」

「しょうがないじゃん。事実なんだから」

だからこそ苛立《いらだ》たしいのだ。そのことをなぜわかってくれないのだろう。

考えれば考えるほど気が滅入ってくる。

ごく自然に、深いため息をついていた。

「幸せが逃げるよ」

すかさず美紀が指摘する。

また迷信か。

反論するのも面倒になって、陽はさっさと玄関を出た。

アパートから前の道へ降りるなり、信じがたいことに、目の前を黒猫が横切っていった。

『通算、七五五回目！　おめでとう！　ハンク・アーロンに並びました！』

野球中継の実況が脳内で流れた。まさかメジャーリーグ歴代二位のホームラン本数と並ぶとは。次は王さんの記録でも目指すか。

黒猫は三メートルほど先で立ち止まり、警戒した様子で陽のほうを振り返っている。なんだか馬鹿馬鹿しくなってきた。

「もうやめた。数えるの」

つぶやき、駅へ向かって歩きはじめた。


実家の建物は一目で老朽化が見て取れる日本家屋だ。祖父だか曾祖父《そうそふ》だかが建てたものらしい。占い師の父は一時期、かなり成功していたようだが、結局は最後までこの家を離れなかった。

門扉をくぐり、玄関に続く砂利道を歩いていく。

人の気配は感じられない。さすがに七回忌ともなると、訪れる知り合いもいないらしい。

呼び鈴は押さず、玄関の引き戸をガラガラと開けた。

「ただいま。上がるよ」

軋《きし》む廊下を進み、居間に入った。

中央に父、鴨志田賢の小さな遺影が飾られていた。

それはいい。当然だろう。

解せないのは、両隣に巨大な黒猫の写真が飾られていることだ。

白黒で、どうやらこれらも遺影らしい。

陽が突っ立ったまま固まっていると、母親の幸子が入ってきた。

「あら、お帰り。早かったね」

「猫……死んだの？」

写真のほうを目で示した。どちらも見覚えのある猫だ。

名前はルーとシー。忘れようにも忘れられない。

父は黒猫を使った『黒猫占い』という怪しげな占いで生計を立てていた。二匹の動きや鳴き声の意味を読み取り、そこから占いの結果を得ていたらしいが、くわしいことは知らない。知りたいとも思わない。

幸子が陽の質問にこたえる。

「昨日の昼ごろかな。もうずっと動けなくなっててね。最期まで仲のいい子たちだった。ルーとシー、二人揃《そろ》って逝ったから、きっと寂しくないよ」

さばさばとした調子で言う。

「母さん、大丈夫?」

「父さんの七回忌を待ってたみたいに。一緒にいたかったんだね」

しみじみとつぶやき、陽の隣で写真を見上げた。

父に先立たれた母をそのままにしていた、という引け目は陽にもある。だから、最後まで幸子のそばにいてくれたルーとシーに対しては、感謝の気持ちがないわけではない。

だが、それにしてもだ。

「これさ、父さんに比べて、猫がでかすぎない?」

ルーとシーの遺影は、父のそれよりも倍は大きい。

「文句ある?」

幸子が尖《とが》った視線を向けてきた。

「ないけど」

「父さんに反発して、猫に八つ当たりして、家出たあんたに文句言われたくないんだけど」

「だから文句ないって」

「ルーもシーも、あんたに懐いてたのに」

「俺に?」

「そうだよ」

「冗談でしょ？　そんな記憶、まったくないんだけど」

むしろ引っかかれた記憶しかなかった。

「抹消したんじゃない？　記憶から」

幸子がうさんくさそうに言う。

「そんな機能があるなら毎日、使ってるよ」

日々、忘れたいことだらけだ。黒猫に横切られたり、上司に馬鹿にされたり。

「いやでも忘れっぽくなるのよ。人って」

幸子の言葉には、やけに実感がこもっていた。

しっかりしているように見えるが、なんだかんだ言って彼女も還暦を過ぎている。衰えを自覚することがあるのかもしれない。

多少のわがままは我慢してやるかな、と陽は思う。


鈴虫の鳴き声が響いている。

それらの音に耳をすませながら、陽は実家の布団にくるまっていた。

ふだん以上に疲れており、早く寝てしまいたいが、この部屋はやけに落ち着かない。

元もと陽が使っていた部屋は物置になっており、人が眠れるような環境ではなかった。

それゆえしかたなく、父の書斎だった部屋を借りることになったのだ。

占いに関係する書物がぐるりとまわりを取り囲んでいる。それらは、いやでも父のことを思い出させた。

目を開けると、本棚に飾られた写真立てが視界の隅に入る。写真の中ではルーとシーを膝《ひざ》もとに抱えた父が笑っている。

そちらに背を向け、ぎゅっと目をつむった。

と、背後から足音が聞こえ、襖《ふすま》の開く音がそれに続く。

「……眠れる？」

幸子が訊いてきた。

「眠れない」

「この部屋、父さん亡くなってそのままにしてたけど。もう片付けたほうがいいかなって」

「そうだね……って、え？　いま？」

「うん」

「いまから片付けるの?」

「そう」

「夜中に思いつかないでよ、そんなの」

さすがに、非常識にもほどがある。

「あんたも再就職できたし、美紀さんも明るくていい子だし」

「それと片付けは関係ないでしょ?」

「いい加減に籍入れて、うちに戻ったら?」

「寝る間際にヘビーな話、やめようよ」

そろそろ結婚を考えるべき年齢だ、ということはわかっている。

だがいまはリストラされ、なんとか再就職できたばかりなのだ。将来のことは、もう少し落ち着いてから考えさせてほしい。

「母さんも、いよいよ一人だなあって」

「あの、ちょっとさ」

陽は布団から半身を起こし、幸子と向かいあった。

「ちゃんと考えてるから」

「考えてるって、なにを?」

「ルーもシーもいなくなったんだから、戻ってきてもいいよ」

元はと言えば父への反発から家を出たのだ。その父が他界した現在、頑固に外で暮らし続ける理由はない。嫌っていた黒猫たちもいなくなった。

「あの子たちがいたからなの？」

幸子が訊いてくる。

その通りだ、と答えかけてやめた。たしかに黒猫たちは父を思い出させる存在だったが、もう過去の話だ。

「明日も仕事なんだから。寝かせてほしいんだけど」

「どうせ眠れなかったくせに」

「寝るよ、意地でも」

陽は布団を頭から被《かぶ》った。

「あっそ」

すねたような声と共に、襖がまた閉まった。

幸子の足音が遠ざかっていく。

夢の中で、陽は、七歳の自分を俯瞰《ふかん》している。

瘦身《そうしん》の父が陽の手を引いて歩いていた。陽はずいぶん不服そうな面持ちだ。仕方なく父の手を握っている、という態度を隠そうともしていない。

「たまにこうして、陽くんと散歩するのもいいね」

「はい。ありがとうございます」

「お父さんには敬語で話さなくていいんだよ」

父が困ったような顔で言う。

「……はい」

幼い陽は頑固だ。

当時、なぜ父に対してかたくなに敬語を使っていたのか、いまでは思い出せない。

「……あ」

前方に黒猫を見つけた父が、「やばいやばい」と言って腕を上げた。

「ふんっ……はっ！」

両手を宙に突き出し、念力かなにかで猫の行く先を変えようとしているらしい。

もちろんそれで黒猫の目的地や気分が変化するはずもない。

父は必死で手で陽の目を覆い、黒猫の姿を見せまいとしている。

だが幼い陽は、あっさり父の手を振りほどいた。

二人の前を、黒猫が悠々と横切っていく。

「あーもー」

その場で立ち尽くす父に構わず、陽はさっさと歩きはじめている。

「あ、陽くん、陽くんごめん！」

父が焦った様子で追いかけるが、幼い陽は振り向きもしない。


眠りから現実へと引き戻された。

なにかが腹の上でもぞもぞと動いている。

目を開くと、ぼんやりとした視界の中で、野球ボールくらいの黒い塊が動いていた。

黒い塊には耳がついていて、大きな目があって、人間の指ほどの四肢が生えていて――。

反射的に陽は身を起こした。

黒い塊が弾《はじ》かれたような勢いで布団から飛び降り、床を走り、十センチほど開いた襖の隙間《すきま》を駆け抜けていく。

どう見ても黒猫だった。

混乱する。

「子猫……え?」

ルーとシーは死んだはずだ。家に黒猫がいるのはおかしい。まさか化けて出たのか。

いや違う、いま逃げていった黒猫はルーやシーよりもずっと小さかった。

心臓が強く脈打ち、全身にびっしょりと汗をかいていた。


居間であぐらをかき、幸子の作ってくれた朝食を口へ運んだ。

だが味わって食べているとはとても言えない。それどころか、なにを食べているのかさえわからないありさまだ。

寝起きに目撃した光景が頭から離れない。

「ねえ。今朝、変なものを見たんだけど」

「変なもの?」

幸子は向かいで漬け物をぼりぼりとかじっている。

陽は言った。

「黒い子猫がさ、布団の上にいたんだよ」

幸子は一瞬、口の動きを止めた。

だがすぐに目をそらし、またなにごともなかったかのように咀嚼《そしゃく》を再開する。

「気のせいじゃない？」

あからさまに怪しい。

「ねえ、なんなのあれ」

「ルーとシーの生まれ変わりかしら」

「怖いこと言わないでよ」

「陽……母さんね、なんだか最近、身体の調子がおかしいの」

急に箸《はし》を置いたかと思うと、やけに神妙な顔つきになった。

「話を変えないで。あの猫はなんなの？」

「時々、胃がきゅーって。癌《がん》かしら」

「だから話……って、え？　なによ癌って」

父は六年前に癌で他界している。同じことが母に起こらないとは言いきれない。

いまのところ幸子は見るからに健康体だが、不安になることはあるのだろう。

そういえば、昨日も弱気に取れる発言をしていた。

「陽、母さんになにかあったら、頼むわね」

「縁起でもないこと言わないでよ」

「安心させて。なにかあったら、あとは頼んだわよ」

「……大丈夫だよ」

そうこたえたものの、我ながらひどく弱々しい声になった。


「じゃあ母さん、俺、行くから」

身支度を終え、陽は庭へ出てきた。

幸子はぼんやりと植木などをながめている。

「行ってらっしゃい」

振り向いた幸子の顔からは、ふだんの精気が感じられない。

「あの……落ち込むのはわかるけど、あんまり考えすぎないほうがいいよ。なにか気晴らしに旅行するとかさ。新しく趣味を見つけるとか」

明るい声で言ってみるが、幸子の反応は薄かった。

このまま置いていくのは不安だが、出勤しないわけにもいかない。

「じゃあ、行ってきま――」

踵を返そうとした、そのとき。

縁側を黒い子猫が横切っていった。

啞然《あぜん》としていると、さらにもう一匹、現れた。これまた黒い子猫だ。

先ほどの子猫を追うようにして、こちらはややゆっくりと歩いていく。

「母さん、ねえ母さん！　これ、これ見て！」

陽は縁側の端を指差した。

そこでは黒い子猫が二匹、寄り添うようにして陽のほうを見上げている。

「みぃ」「にゃあ」と、二匹の猫は小さな声で鳴いた。

思わず目を奪われてしまう。

「母さんってば！」

一向に返事をしない幸子に目をやると、下腹を抱えるようにしてうずくまっていた。

「いたたたた」

聞き慣れない声を漏らし、顔を歪《ゆが》めている。

「ちょっと、母さん!?」

鞄《かばん》を投げ出し、陽は裸足のまま庭へ降りた。

幸子のそばへ駆け寄る。

「どうしたの⁉　大丈夫⁉」

とりあえず背中をさすってみるも、効果は見られない。

幸子はぎゅっと目を閉じ、必死で痛みに耐えているようだ。

「胃がきゅーって」

絞り出すような声だった。

「薬とか、どっかある?」

「大丈夫だから、会社行って……」

「行けるわけないでしょ⁉」

なにを、どうすればいい?

焦りのために、わけもなく周囲を見渡してしまう。

ふと子猫たちが目に留まった。二匹は陽が投げ出したビジネスバッグのほうへ近づき、表面で爪《つめ》を研ぎはじめている。

「あ、おいこら!」

「気にしないで、会社行って」

幸子はうっすらと目を開け、気丈にも陽の手を押し返そうとしてくる。

「早く」

「だから行けないって！」

叩きつけるように言い、ひとまず幸子をゆっくりと立たせた。

たとえ短い時間であっても、布団に寝かせておいたほうがいいだろう。


結局、救急車は呼ばなかった。幸子が「どうしてもいやだ」と言ったからだ。

一応は痛みも引いたようなので、「明日、必ず自分で病院へ行く」と約束させた上で、陽はしかたなく引き下がった。

それでも胃薬ぐらいは買っておいたほうがいいだろう。

そう判断し、陽は財布だけ持って家を出た。

「おや、ずいぶん久しぶりだね」

門の前で、背後から声をかけられた。

振り返ってみると、六十歳ぐらいに見える女性が立っていた。隣家の清原《きよはら》……下の名前はなんだったか。ゆり江《え》か、由利子《ゆりこ》か、ともかく清原夫人だ。

彼女は、一部では「白猫おばさん」と呼ばれている。そのあだ名の原因となっている白猫を、今日も抱えていた。

なんにせよ助かった。しばらくこの辺りを歩いていないため、すぐに薬局を見つけられるかどうか不安だったのだ。

「あ、どうも。あの、薬局ってこの辺りにありましたっけ？」

「お宅の黒猫、二匹とも亡くなったって本当？」

陽の質問には答えず、清原は一方的に訊いてきた。

「え、ええ」

とまどいつつも、一応はうなずいておく。

「旦那《だんな》さんが昔、占いに使ってた子たちだろ。長生きだったねぇ」

「はぁ」

「でもおかしいね。うちの子が昨日、そこんとこで黒猫を見たって」

さっき縁側に出てきた子猫たちのことだろう。

だがいまは、そんな説明をしている暇はない。

「あの、薬局――」

「駅前にこの前できてたよ、例の有名な黄色い看板の……えーと、なんだっけ」

店の名前を思い出そうとしているようだが、薬が買えるならなんだっていい。

「ありがとうございます」

軽く頭を下げて、陽は駆けだした。

「はい。母が病気で倒れてしまいまして。もう一日休ませていただきたいんです。はい。すいません。はい……」

会社に事情を説明し、どうにか欠勤の許可をもらい、陽はため息をつきつつ携帯を閉じた。

入社一週間で二日も続けて仕事を休む、というのはどう考えてもよろしくない。

だが、だからといって幸子を放《ほ》ったらかしにもできない。

その幸子は、いまは居間に敷いた布団の中で静かに寝息をたてている。薬局で買った胃腸薬はそれなりに効果があったらしく、いまのところ痛みは引いているようだ。

この点については安堵《あんど》したが、気に食わないことが一つあった。

と言うより、正確には二匹だ。

幸子が眠る布団の傍《そば》で、例の子猫たちが丸くなっている。

「起きたら、絶対に説明してもらおう」

ひとまず子猫たちは放置し、病人のためにおかゆを作ることにした。

台所へ移動し、戸棚から鍋を取り出す。

「うん？」

棚の奥に見慣れない缶があった。

手に取ってみると、パッケージには子猫のイラストが描かれていた。その下には「粉ミルク」「幼猫用」といった文字が並んでいる。

意味するところは明らかだ。


幸子はそれからすぐに目を覚ました。

さっそく居間でおかゆを食べはじめる。まるで育ち盛りの子供のような勢いで、今朝の痛がり方が嘘《うそ》だったかのように思える。

陽は向かいに腰を下ろした。

「母さん、これ」

テーブルの上にガン、と粉ミルクの缶を置いた。

その音を聞きつけたらしく、それまで布団の上にいた子猫たちが「待ってました！」と言わんばかりに駆け寄ってきた。缶の中身がわかっているらしい。

二匹は甲高い声で鳴き、陽の膝のあたりにまとわりついてくる。

陽は無視を決め込み、さらに言った。

「こいつら、飼ってるんだよね」

幸子は答えず、黙って匙《さじ》をテーブルに置く。

「いや、いいんだよべつに。飼ってても。でも、なんで隠すわけ？」

「……飼ってない」

まだ白を切るつもりなのか。

陽はたずねた。

「こいつらがいたら俺が戻ってこないって、そう思ったわけ？」

「病人なんだから、ヘビーな話はやめてくれる？」

幸子がぶすっとした面持ちで言う。

昨晩の、陽の言い回しを真似たつもりらしい。

「ごまかすなよ」

「あんた言ったよね。私になにかあっても大丈夫だって」

「それがどうしたの」

「その子たちを頼んだ」

「はあ?」

「亡くなったルーの赤ちゃん。名前はまだない」

どう考えても嘘だった。老いたルーが子供を産めるわけがない。大方どこかで拾ってきたのだろう。

そもそも大丈夫と言ったのは、美紀との将来についてだ。いずれ籍を入れて、この家に二人で帰ってくる――そういう意味を込めていたのだ。

黒猫の面倒を見る、というつもりで言ったわけではない。

「育ててみなさい」

「やなこった」

「育てなさい。二回言うけど」

「俺が飼う理由がないだろ?」

陽がそう突っぱねると、幸子は唐突に、テーブルに伏せた。

それっきりなにも言わない。

「いや、寝たフリするなよ」

急に「黒猫を二匹飼え」などと言われて、「はい、わかりました」と即答できる社会人がどこにいるというのか。

幸子は、とうとうイビキまでかきはじめた。

「いい加減にしなよ。飼ってないなら、こいつら捨ててくるけど」

陽は左右の手で子猫を一匹ずつ摑《つか》み、立ち上がった。

どちらも大人しく、小さく、缶ビールよりも軽い。

「本当に捨てるよ?」

そう呼びかけるが、幸子は相変わらず寝たフリを続けている。

陽はうんざりして、また黒猫を床に下ろした。二匹は遊んでもらったと勘違いしたのか、うれしそうに「みぃみぃ」と鳴いている。

付き合いきれない。

陽はアパートへ帰ろうと、テーブルの脇に置いた鞄へ手を伸ばした。

見ると、前面が引っかき傷だらけだった。明らかに子猫たちのしわざだ。

さすがにむかっ腹が立った。

去り際に、突っ伏したままの幸子を一瞥《いちべつ》する。

「いまさら黒猫を飼っても、俺は変われないよ」

まっすぐアパートへ戻る気にもなれず、目についたベンチに腰を下ろした。

目の前をゆるやかに河が流れている。

幸子の考えは、なんとなくはわかった。わかるだけに腹立たしい。

きっと「猫を飼うことで責任感を身につけろ」とでも言いたいのだろう。あるいは「家庭を持つ練習をしろ」と言いたいのか。

ほかにも……黒猫を飼うことで亡き父への理解を深めてほしい、といった意図があるのかもしれない。

まったくもって、よけいなお世話だ。

長く息を吐きだした。

ため息をつくと幸せが逃げる、という美紀の言葉が思い出される。

雑草に覆われた地面をなにげなく見つめていると、視界の隅に黒い生き物が映った。

「おわっ」

そちらを見て、思わずのけぞりそうになった。

実家にいた子猫たちがベンチに座っていた。

まさか、家からずっとついてきたのか。

「おまえら……おまえらだよな？　そりゃ距離自体は知れてるけど。なんだよ、こんなところまで」

陽はベンチに置いていた鞄をひったくるようにして取った。これ以上、爪研ぎの道具にされてはかなわない。

二匹は呑気《のんき》にあくびなどしている。

「あのな、俺は黒猫が大嫌いなんだよ」

両手で子猫たちをすくいあげ、雑草の間にそっと下ろした。

二匹はびっくりした様子で周囲を見まわしていたが、すぐにまた陽のほうへ近づいてくる。

「あっち行けって」

「ちょっとあんた、困るよ」

険のある声が飛んできた。

顔を上げると、青いツナギを着た中年男性が近づいてきていた。大きめのトングとちりとりを持っている。河川敷の清掃員のようだ。

「猫捨てないでよ。最近多くてさ」

男性が心底迷惑そうに言う。

「違いますよ。私のじゃありませんから」

「じゃあ野良猫?」

「野良猫っていうか……」

「やっぱあんたのなんだろ」

ほら見ろ、とばかりに、まともにトングを突きつけてくる。

「違いますって」

「あっそ」

清掃員はわざとらしくため息をつくと、トングとちりとりを足もとに置いた。

さらに近づいてきて身を屈《かが》め、子猫たちの首根っこを摑み上げる。

「じゃあ保健所に連絡していいね」

「保健所?」

ぎくりとした。

「悪さするんだよこいつら。うんちしまくってゴミ箱あさって」

忌々《いまいま》しそうに吐き捨て、左右に掲げた黒猫を順番に見る。

「可哀想だけど、恨むんなら飼い主を恨めよ」

清掃員は意味ありげにチラ、と陽のほうを見てきた。

あからさまな挑発だが、たしかに「保健所」という言葉はインパクトが大きい。このまま二匹が処分されてしまうと思うと、さすがに放ってはおけなかった。

「あ、その。ちょっと心当たりあるんで」

「は？　なんて？」

「心当たりがありますから」

陽は鞄を手首に引っかけ、清掃員のほうへ手を伸ばした。

二匹をさっと奪い取る。

「ちょっと、あんた」

清掃員が不満げに声をあげるが、無視して子猫たちを抱えた。

その場に背を向け、さっさと河川敷を離れる。

二匹は「みぃ」「にゃあ」などと気楽な鳴き声を漏らしている。

陽は角を曲がるときに気づいた。十メートルほど後ろを、先ほどの清掃員がついてきている。どうやら陽が別の場所で猫を捨てないかどうか監視しているらしい。

「なんだよ……怖いな」

いずれにしても、いったん実家へ引き返すしかない。

なぜか玄関の鍵が閉まっていた。チャイムを押しても反応がない。

「え？　なにそれ」

家を出てからまだ一時間も経《た》っていない。こんなに短い間に、幸子はどこへ行ったというのか。そもそも病気だったのではないのか。

いったん子猫たちを地面に下ろし、ポケットから携帯を出した。

幸子の番号にかけるが、呼び出し音が鳴るばかりだ。

「おいおい、どうすんだよこれ」

足もとで「にゃあ」と鳴く子猫たちを見下ろす。

背中に視線を感じた。肩越しに見ると、例の清掃員がトングで側溝のゴミを拾っている。

まだ陽のことを監視しているらしい。

「こいつら、ここに置いてったら……」

あの清掃員が保健所に連れていく可能性が高い。

「まったく！」

もう一度、幸子にかけようとしたところで、その携帯が震えた。

見ると、発信者は上司の福原だ。

あわてて通話ボタンを押した。

「はい、鴨志田です」

『おう、おれおれ。あのさ、悪いんだけどさ、君、クビだわ』

「はい、それはもちろん……え？」

一瞬、自分の耳を疑う。

「クビって言いました？」

『言ったよ』

「でも、勤めはじめたばかりですよ？」

『だからこそだよ。始めたばっかで休みまくってりゃ、そりゃクビにもなるでしょうが。仕事もできないし』

欠勤が続いたことも、仕事の要領が悪いのも事実ではあるが――。

「え、でも電話で？」

『そう、電話で。うちって社長がワンマンだから、こういう決定も早いのよ』

「そんな……いまから会社行きますよ」

『来なくていいって。書類とかは送らせとくし』

「でも、これからがんばろうと――」

『もう決定したことだから、無駄なエネルギー使わないほうがいいでしょ？　じゃ、そういうことで』
それだけ言って、福原は一方的に切ってしまった。
自分の携帯を呆然とながめた。まだ信じられない。
たった一週間で解雇されてしまった。
子猫たちは陽の足首に擦り寄り、無邪気な声をあげている。
陽は、なかば無意識的な動きでまた携帯を持ちあげた。
幸子の番号にかけるが、やはりつながらない。
陽は足もとを見下ろし、ゆっくりと身をかがめ、二匹を抱えあげた。

目の前の道を、太った黒猫が横切ろうとしている。
黒猫は陽の姿に気づき、道の中央で歩みを止めた。
陽も立ち止まった。
腕の中では二匹の子猫がすやすやと眠っている。
しばし、こう着状態が続いた。
陽はあきらめの念を込めて、深くため息をついた。

これ以上、自分にどんな不幸が訪れるというのか。

開き直ってそのまま足を踏み出そうとした、そのとき。

太った黒猫が数歩、ゆっくりと、自分が来た方向へ戻った。

まるで道を譲るかのような動きだ。

「嘘だろ?」

どういう風の吹き回しだろう。

不気味ではあるが、じっとしていても始まらない。

陽はおそるおそる歩を進めた。

太った黒猫は微動だにせず、じっと陽のほうを見つめている。

陽はその前を通り過ぎた。

黒猫に前を横切られることなく、無事に道を進むことができたのだ。

さらに何メートルか進み、首だけ動かし、ちらりと背後を窺《うかが》ってみた。

やはり黒猫は陽の動きを見守っていた。

ふと父のことを思う。

黒猫に横切られるくらいなら、いっそ抱いてしまったほうが不幸は訪れない——そんなことを考えて、父は黒猫を飼いはじめたのではないか。

馬鹿げた考えではあるが、あの父ならあり得ない話ではないと思う。
腕の中で目を覚ました子猫たちが、揃って「にゃあ」と鳴いた。

第二章

先人は言う。下駄の鼻緒が切れたらなんたら……

我ながら滑稽《こっけい》な光景だと思った。

黒猫を憎んでいる男が、二匹もの黒猫を連れて帰ってきたのだ。

鍵《かぎ》を開けてアパートの部屋に入り、子猫たちをソファの上に放す。

二匹は物欲しそうな顔で陽を見て「にゃあ」「みぃ」と鳴きやまない。

腹が減ったのだろうか。

冷蔵庫を開け、牛乳のパックを取り出した。賞味期限は切れていない。

少し深めの皿に中身を注ぎ、床に置いた。

二匹は皿に近づいたものの、飲もうとはしなかった。

そういえば、実家には幼猫用の粉ミルクなるものがあった。やはりああいった専用の餌《えさ》が必要になるのか。

どうすることもできず、陽はソファに座り込んだ。

隣では子猫たちがまだ鳴き続けている。

「……俺は一体、なにをやってるんだ」

天井を見上げて、だれにともなくつぶやく。

そういえば、幸子はどこへ行ってしまったのだろう。

あらためて携帯を取り出し、彼女の番号にかけた。

『どうもー、幸子でーす。ただいま電話に出ることができないので、留守電をお願いしちゃおうかなー。ピーッ』

六十を過ぎた女性の留守電メッセージとは思えない。我が母親ながら恥ずかしいと思う。

着信履歴を見ればかけなおしてくるだろう。そう考え、特にメッセージは残さなかった。


とりあえず最寄りのコンビニへ向かった。最低でも週に二回は訪れている店だ。

常連ではあるが、当然、ペット用品のコーナーを物色するのは初めての経験だった。そもそもコンビニにペット用品が置かれていること自体、いままで知らなかった。

買い物かごに猫用の缶詰とトイレ用の砂を入れる。さしあたって必要なものはこの二つぐらいか。

レジへ向かっていると、窓際のラックに置かれた猫雑誌に目が留まった。茶色い子猫が表紙を飾っている。

手に取ってパラパラとページをめくってみた。

猫が喜ぶ遊びの特集が組まれている。猫のグラビアなども多い。猫を飼っている人間がなぜ猫の写真を見なくてはいけないのか、理解に苦しむが、需要があるから掲載されているのだろう。

それなりに読み物記事も多かった。なにか役立つことがあるかもしれない。

とりあえず一冊、かごに放りこんでおいた。

雑誌コーナーを離れかけて、また足を止めた。

よりによって猫雑誌の隣に就職情報誌が置かれていた。

『君、クビだわ』、という福原の声が頭の中で再生される。

一瞬ためらい、だが結局は就職情報誌もかごに入れた。


部屋に戻った頃には、もう夜になっていた。

結局、買ってきた猫缶を二匹は食べてくれなかった。いまは毛布を丸めただけのベッドで眠っている。

部屋の隅で、風呂場から持ってきた洗面器に砂を注いだ。ざあ、と音を立てて粒子が広がる。

砂の粒子を見つめながら、存外覚えているものだな、と陽は苦く思った。自分でルーシーの世話をした記憶はない。だが父が毎日のようにやっていたのを横で見てきた。そのため、形だけなら世話のやり方はわかっている。

砂を注ぎ終えて、陽はちゃぶ台の前に腰を下ろした。散らかっていた猫グッズをコンビニ袋にまとめて、代わりに就職情報誌を手に取る。

また職探しから始めねばならないと思うと、気が重くなった。

と、それまで静かだった子猫たちがまた鳴きはじめた。

どうやら目を覚ましたらしいが、聞かなかったことにして、就職情報誌に向かい続けた。

いまは子猫にかまっている場合ではない。

しばらくそのまま読み進めていたが、二分と経たないうちに、結局はページを閉じる羽目になった。

子猫たちの鳴き声がうるさい。

これでは気になって職探しに没頭できない。

ソファ脇に置いた簡易ベッドの上で、二匹はなにかを訴えかけるように声を張りあげている。

「ひょっとして、しっこか？」

食欲はなさそうだった。

だとしたら、あとは排泄《はいせつ》ぐらいしか思いつかない。

しかたなく立ち上がり、二匹のほうへ向かった。

一方を持ち上げて、砂を敷いた洗面器の上まで持っていった。尿をひっかけられてはたまらないので、できるかぎり腕を伸ばす。

だが排泄でもなかったらしい。子猫は陽の手の中で「違う」と言いたげに身をよじるばかりだ。

もう一匹も試してみたが、反応は同じだった。

二匹を毛布の上へ戻した。

ふと気になり、先ほど買ってきた猫雑誌を開いてみる。買うときに「猫ちゃんの病気」と書かれたページを見た気がするのだ。

勘違いではなかった。さまざまな症状とその対処法について、だいたい五ページほどにわたって書かれていた。

くわしく目を通していくと、「こんな症状が出たらすぐに病院へ」という見出しが目に留まった。オシッコがでない、食欲がない、といった項目がリストアップされている。

「勘弁してよ……」

人間用の病院にすら久しく行っていない。それなのに、なにが悲しくて動物病院へ行かなくてはならないというのか。

きっと人間用の健康保険は使えないだろう。いったいいくら取られるかわかったものではない。無職になったばかりの身としては、かなり厳しい。

再び幸子に電話してみるが、底抜けに明るい留守電メッセージが流れるばかりだった。最後まで聞くのがいやで、すぐに切った。


いつの間にかソファで眠っていた。

天井を見上げると、蛍光灯が明々とついている。

緩慢な動きでベッドへと移動する。ついでに部屋の電気も消しておいた。

窓から差し込む月の光が明るく、完全な闇《やみ》にはならない。

ふいに、意外なほど近くから「にー」という鳴き声が聞こえてきた。

ぎょっとして閉じかけた目を開く。

上体を起こし、身を固くしながら部屋の中を見まわした。

フローリングの上に、輝くビー玉のような物体があった。

それも四つも。

暗さに目が慣れてきて、黒猫の輪郭がはっきりとしてきた。

そうか、あれは子猫たちの目か。

「驚かすなよ……」

なぜか二匹はじっと陽のほうを見つめている。

なんとなく居心地の悪さを感じて、陽は子猫たちに背を向ける形で目をつむった。


翌朝、陽は身支度を終えると、二匹を適当なボストンバッグの中に入れた。口を開けておけば窒息することもないだろう。

二匹は朝からピーピーと鳴きどおしだった。眠っている間以外は常に鳴いていると言っても過言ではない。

あと少しだけの辛抱だ、と自分に言い聞かせる。さすがに病院へ連れていけば大人しくなるだろう。その後は実家へ連れていって、それでさよならだ。

動物病院の場所はネットで調べておいた。大きな通り沿いなので道に迷う心配もない。

玄関へ移動し、スニーカーに足を突っ込む。バッグを脇に置き、身を屈《かが》め、紐《ひも》を結びはじめる。

左足を終え、右足に取りかかったところで、ぶちっ！　と音を立てて紐が切れた。

下駄の鼻緒が切れたら不吉なことが起きる――。

父からさんざん聞かされた迷信のうちの一つだ。

黒猫の次は靴紐か。

いらいらしながらも、陽は短くなってしまった紐を無理やり結びなおした。

ひどく不恰好《ぶかっこう》なスニーカーを履き、晴れた空の下を歩いていく。

道中も子猫たちは鳴きやまなかった。バッグから顔を出して、より大きな声でなにかを訴えつづけた。

道行く人々は、そんな二匹と陽を微笑《ほほえ》ましげにながめている。

陽だけが仏頂面だった。

自動ドアを抜けると、病院特有の匂《にお》いが鼻を突いた。人々が犬や猫を連れている以外は、人間用の病院と大して変わらない。

受付で問診票を受け取ったとき、うっかり自分の体調を記入しかけた。

「鴨志田さーん」と名前を呼ばれて、診察室へと移動する。

獣医は若い女性だった。

名札には白藤紅葉《しらふじもみじ》と書かれている。病院の名前は白藤動物病院。ということはつまり、彼女がここの院長なのだろう。

どう見ても陽より年下なのに、大したものだ、と感心する。

問診票に目を通すと、白藤は子猫たちを診察台の上へ運んだ。

さらに、濡《ぬ》らしたガーゼで二匹の股間を順番に撫《な》でた。

陽がなにをしても徒労だったというのに、子猫たちはそれだけで大人しくなってしまった。

「鳴きやみましたね」

陽が言うと、白藤はにっこりと笑った。

彼女は子猫たちに「もう大丈夫ですよー」と文字通り猫撫で声で言うと、またデスクの前へ戻ってきた。

「えっと……お名前、カモシダちゃんですか」

カルテに目を落としながら言う。

しまった、名前の欄も動物用だったか。

「あ、いえ。鴨志田は私です」

「あら、失礼しました」

白藤は取り繕うように笑った。

陽は言った。

「名前はまだないようです」

「ようです？」

「母から預かっていまして」

「なるほど、そういうこと」

「あの、こいつら、ご飯食べないんですけど」

ずっと気になっていた質問をぶつけた。

白藤が落ち着いた様子で「なにをあげています？」と訊《き》き返してくる。

「猫缶とか、牛乳とか……」

「まだ無理ですね。子猫用の粉ミルクをあげてください。温度は四十度くらい」

「はあ」

やはりあれが必要だったか。

白藤が話を続ける。

「猫用の哺乳瓶《ほにゅうびん》を使ってください。なかなか飲んでくれないときはスポイトで」

「スポイトなんて持ってないですけど」

「出しておきますよ」

白藤は愛想よくそう言い、カルテに指示を書きこんだ。

「子猫は栄養をたくわえられませんから。四時間に一回はあげてくださいね」

四時間に一回の授乳。なかなか手間がかかる注文だ。

とはいえ、陽が気にする必要はないのかもしれない。

「ま、すぐに母に返すんですけどね」

そう言って陽が肩をすくめると、白藤はカルテに記入する手を止め、顔を上げた。

「鴨志田さん」

「はい？」

「赤ちゃんは、たとえ一瞬でも自分だけでは生きていけません。この点は人間も一緒です。この子たちはいま、あなたにたくさん信号を出してるんです」

「信号ったって。ピーピー鳴いているだけで――」

「わかろうとしてください」

真剣な目でまっすぐ見つめてくる。

なぜか、静かな迫力があった。

「この時期、ほっておかれるほどつらいことはないんです」

ハッとなった。

ほっておかれるほどつらいことはない。

それは、陽自身が幼い頃に感じたことではなかったか。

占いや黒猫の世話にかまけている父に対して、陽はずっと不満を抱いていたのではなかったか――。

陽は子猫の一方をそっと抱き上げてみた。

こんなにも小さいというのに、子猫の体温が、鼓動が、手のひらを通して伝わってきた。

陽を見上げるブルーの瞳《ひとみ》は、深く澄んでいてきれいだ。

だが、それでも、この二匹を育てようという気持ちにはなれない。

何度かけても幸子は電話に出なかった。

しかたないのでまた実家へやってきた。

だがやはり玄関の鍵は閉まっており、チャイムを押しても幸子が出てくる気配はない。

窓から家の中をのぞいてみたが、明かりもついておらず、留守なのは間違いなさそうだ。

まったく、どこをほっつき歩いているのだろう。

やれることもないので、踵を返して門を出る。

と、また隣家の清原と出くわした。

例によって彼女は胸に白猫を抱いている。

陽が会釈すると、清原はいそいそと近寄ってきた。

「お母さん、どうしたの」

「なんですか？」

「さっき救急車で運ばれただろ」

「え？　え？」

昨日の光景が頭の中によみがえった。

腹を抱えてしゃがみこむ幸子。

彼女の、「癌《がん》かもしれない」という言葉――。

「いつですか？」

あわてて清原にたずねる。

「猫が逝って、気持ちが萎《な》えたかねぇ」

そんなことはどうだっていい。

「あの、え、病院どこだかわかりますか？」

清原が口にした病院に電話してみると、たしかに幸子は運ばれたようだった。だがくわしい病状まではわからない。受付の人間いわく、「直接、来てもらうしかない」という。

大通りへ飛び出し、すぐにタクシーをつかまえた。

昨日からいろいろな出来事が続いている。いまにも頭がパンクしそうだ。

タクシーの後部座席で、思わず最悪の結果を思い浮かべてしまう。病室に駆け込む自分、ベッドで静かに眠る母、傍《そば》に立つ医師が「お気の毒です」と告げる……。

脂汗が全身に浮いた。動悸《どうき》がますます激しくなった。

なにが「その子たちを頼んだ」だ。

最期まで責任持って飼えよ。

病院に着くまでの間、バッグの中の二匹は一度も声をあげなかった。

それがまた不気味だった。

受付で病室の番号を教えてもらい、転がるようにして廊下を進んだ。通りかかった看護師に「走らないでください」と注意されたが、ほとんど速度は緩めない。

途中で右のスニーカーの靴紐がほどけた。

くそっ、と思わず舌打ちする。

迷信は本当だったということか。

靴紐が切れたから不幸が起こったのか。

歯を食いしばりつつ、陽は進みつづけた。

鴨志田幸子、と書かれた部屋の札が目に入る。

つんのめるようにして立ち止まった。引き戸を開け、病室の中に入る。

「母さん――」

「あら、いらっしゃい」

気の抜けた声が返ってきた。

幸子は棒アイスをかじりながら、「なんでここにいるの？」と言いたげな顔で陽のほうを見ていた。

一気に脱力した。

陽は安堵《あんど》の息を吐きだし、丸椅子《まるいす》にへたり込んだ。

視線をベッドのほうへ向けると、幸子は食べ終えたアイスの棒をぺろぺろとしゃぶっている。

「ちょっと、アイスなんか食べて大丈夫なの？」

「食べたくなっちゃって」

幸子は悪びれもせずに言う。

アイスを食べられるなら、それほど深刻な事態ではないのかもしれない。

陽は息を整え、また口を開いた。

「驚いたよ、救急車なんて」

「だれに聞いた？」

「隣の白猫おばさん」

「あの白猫め」

忌々《いまいま》しそうに言い捨てる。

「黙ってるつもりだったの？」

「ゆっくり執筆活動でもしようかってね」

幸子は何年か前に『ああ、占い師の妻』というタイトルの本を執筆し、ベストセラーになったことがあるのだ。以後、続編を何冊か出している。

「あ、あんたもアイス食べる？」

幸子は脇に置かれた袋から棒アイスを取り出した。陽が来なければ、一人で二本も食べるつもりだったのか。

陽はアイスを素直に受け取った。走ったせいで身体が芯《しん》から火照っている。冷たいものがあるのはありがたい。

食べているうちに、だんだんと頭の中も冷えてきた。

ハッとして、足もとに置いたボストンバッグの中をのぞきこんだ。激しく動いたせいで子猫たちを投げ出してしまったのではないか、怪我《けが》でもさせたのではないか、と急に不安になったのだ。

だが杞憂《きゆう》だった。二匹はすやすやと眠っていた。

胸を撫で下ろしながらも、こんどは「病院に猫なんて連れてきてよかったのか」という不安が膨らんでくる。常識的に考えればアウトだろう。

陽はさりげなくバッグの口を閉じて、それを自分の膝《ひざ》の上に置いた。

あらためて幸子にたずねる。

「で、お医者さんはなんて?」

「まだわからないって」

まるで他人事《ひとごと》のような口ぶりだ。

あきれながらも、陽は言った。

「とりあえず、元気そうだからよかったけど」

「馴染《なじ》んでるじゃない」

幸子が意味ありげにボストンバッグのほうを見てきた。

子猫たちの存在に気がついた上で、それらと陽が「馴染んでいる」と言いたいらしい。

「は? なに言ってんの」

「あんたがそうやって抱いていると、父さんのこと思い出しちゃう。蛙《かえる》の子は蛙だね」

一瞬、縁側で黒猫を抱いている父の姿が目に浮かんだ。

「……冗談じゃないよ」

「あれ……それ」

幸子はそう言い、目をまたたかせた。

視線の先には陽のスニーカーがあった。切れて短くなった紐がほどけたままだ。

「靴紐が切れるなんて。不吉だね」

「父さんみたいなこと言わないでよ」

陽が顔をしかめると、幸子は肩をすくめた。

「昔、父さんがいきなり私の職場に駆け込んできたことがあってね。どうしたのって言ったら、靴紐が切れたって。幸子は大丈夫かって」

いかにも父らしいエピソードだ。

陽はそのときの光景を、ありありと思い浮かべることができた。

「しょうもな」

「切れた靴紐のまま来たから、そっちのほうが縁起が悪いって言ったら、そのまま靴脱いで裸足で帰ってったな」

幸子は宙を見つめ、楽しそうに微笑んだ。

どうやら感傷にひたっているようだが、陽にはとてもではないが共感できない。

「いや、異常でしょ」

「お父さんはね、想《おも》いをうまく伝えられない人だったのよ」

おまえは父さんのことを勘違いしている、と言いたげな口調だった。

だが父が家庭を顧みなかったことはたしかだし、息子より黒猫を大切にしていたこともまた事実なのだ。

幸子がボストンバッグのほうへあごをしゃくる。

「その子たち、よろしくね」

「ちょっと！」

「お母さんこんなだし」

「なし崩し的にこうなってるけど、俺、飼う気ないからね」

「面倒見ないと死んじゃうんだよ」

たしかにそうかもしれないが、なぜ面倒を見るのが自分なのか。

世話役が必要なら黒猫嫌いの息子などに任せず、猫好きの里親でも探せばいいではないか。

「勝手すぎるだろ？」

「仕事しながらで大変だろうけど、それはそれ」

幸子は陽の抗議など完全に無視だ。

陽が文句をつけようとすると、幸子がいぶかしげな顔で首をかしげた。

「あれ？　そういえば今日、会社はどうしたの」

「うん？」

陽はぎくりとして、咄嗟《とっさ》に言い訳をでっちあげた。

「まあ、有給？」

「猫のために？」

不審そうに追及してくる。

陽は目をそらした。

「そんなわけないでしょ。たまってたんで」

「勤めて一週間でどうやってたまるのよ」

もっともな指摘だった。

だがさすがに「一週間でクビになった」とは言えない。

「そういう風なの、いまの会社は」

「ふーん……」

幸子は明らかに納得していない表情だ。


結局、しばらく黒猫の面倒を見ることになった。

アパートへ戻る前に、実家へと立ち寄る。飼育グッズや粉ミルクを借りるためだ。

ついでに父の書斎に入り、猫に関する本がないか物色してみた。

一冊ぐらいはあるだろうと思ったが、本棚に並んでいるのは占いや言い伝えに関するものばかりだった。占い師だったのだから当然だが、こうして見てみると怪しいことこの上ない。

ふと、棚に置かれた写真立てが目に留まった。父とルーとシーのスリーショット。

陽はそれを手に取り、じっと見つめた。黒猫に囲まれた父は幸せそうに笑っている。

この写真の中に、幼い陽の姿はない。

なにげなく裏返してみると、紙片の端が飛び出ていた。枠の間に挟まれているようだ。

気になり、止め具を外してみた。

思った通り、中から四つ折にされた紙が出てきた。

取り出して開くと、短い一文が書かれていた。

『陽は、占い師になる』

書いたのはおそらく父だろう。

「なんだよこれ」

まったくもって馬鹿馬鹿しい。

あれだけ父と黒猫と占いを毛嫌いしていた陽が、なぜ占い師にならねばならないのか。

陽は紙を元通りに折り畳み、写真立ての中に戻した。見てはいけない物を見たような気がした。

写真立て自体を本棚の、本と本の間にぎゅっと押し込む。

居間に戻ると、子猫たちは物欲しげに「にゃあにゃあ」と鳴き、陽のほうを見上げていた。腹が減ったらしい。

台所でお湯を沸かした。それで粉ミルクを溶いて、指先で温度をたしかめてみる。まだかなり熱い。

しばらく放っておくと、ミルクの温度は人肌程度まで下がった。

居間へ移動し、動物病院で渡されたスポイトを二匹の口にあてがう。

だがどちらも、一滴も飲んでくれない。

食事ではなく排泄だったか、と考え、こんどはガーゼを鞄《かばん》から取り出した。こちらも病院でもらってきたものだ。

水に濡らして子猫の股間をこすってみる。

だがやはり効果はなかった。二匹はなにかを訴えるように鳴きつづけるだけだ。

いったいどうしろっていうんだ？　――陽はこめかみを押さえた。

鳴き声がうるさい。頭が変になりそうだ。

陽はやかましい子猫たちを床に下ろした。

立ち上がり、二匹をじっと見下ろす。

「家の中だし、大丈夫だよな」

しばらく離れて……それこそラーメン屋にでも行って、食事を終わらせてから戻ることにしよう。その頃には子猫たちも鳴きやんでいるはずだし、さすがに腹も減るだろうから、ミルクも飲んでくれるはずだ。

居間から廊下へと出た。

玄関へ向かい、しゃがんで靴紐を結ぶ。

背後からはかすかに甲高い鳴き声が聞こえている。

子猫たちの、なにかを訴えるような目が思い浮かんだ。

と同時に、なぜか、別の光景が意識の中に広がる。


あれは陽が七歳だった頃のことだ。

当時、両親は別居中だった。

別居の件を決めたのは幸子だという。父はまだ占い師を始めたばかりで、ろくに収入がなかった。幸子は自分と息子の将来を考え、離婚する可能性も視野に入れた上で、父に

「あなたが人並みの稼ぎを得るまでは離れて暮らす」と宣言したらしい。

母の判断はもっともだと思う。むしろ即座に離婚しなかっただけ寛大なぐらいだ。

幸子と陽は2DKの、そこそこ小ぎれいなマンションで暮らしていた。

その日、陽は風邪をひいて高熱を出し、寝込んでいた。

理由は覚えていないが、母は不在だった。おそらくどうしても外せない仕事があったのだろう。かわりに父が陽の面倒を見にきていた。

陽は布団の中でうなされていた。

だが父はおろおろするばかりだ。

「あ、ごめん。新しいのにかえるね」

父は陽の頭の下から氷嚢《ひょうのう》を抜き取った。

台所へ移動する父のあとを、ルーとシーがついていく。

氷を移すガラガラという音が聞こえてきた。

「陽くん、お母さんまだ帰ってこないね」

戻ってきた父が氷嚢をセットしてくれる。だがタオルを巻くのを忘れたため、肌に直接、ゴムの表面が当たって気持ち悪い。

陽はそのことを訴えようとしたが、喉《のど》が腫《は》れていて声が出せなかった。

「父さん風邪ひいたことないから。言うじゃない、なんとかは風邪ひかないって。わからないか、まだ」

馬鹿は風邪をひかない、というフレーズ自体は聞いたことがあった。

それが真実なのかどうかは知らない。だが父は本当に風邪をひいたことがなかったのかもしれない。

あるなら、氷囊をむき出しのまま頭の下に入れたりしなかったはずだ。

ルーとシーが父の足首にまとわりつき、喉を鳴らしている。

「おまえら、ちょっと待っててね」

「タオル、ありますか？」

陽はなんとかそう口にした。

父は驚いたように陽の顔を見て、あわてて立ち上がった。

「ああタオルね。ごめんごめん」

父は謝りながら、床に落ちていたタオルを拾い上げた。

氷囊を包もうとして、途中で手を止める。

「汗で濡れてるね。新しいのに替えよっか」

父は立ち上がり、新しいタオルを探しにいく。

先ほどと同様に、ルーとシーは父のあとに続いた。

「あ、シー、こら。猫はネギはダメ」

どうやら見当違いの場所を探しているらしい。

なぜネギとタオルが同じ場所にあるのか。

「陽くーん。新しいタオルどこかな？　場所わかる？」

答えようとしたが、やはり声が出ない。

陽が苦しんでいると、「あ、いや、いいや」という声が聞こえてきた。

しばらくして父が戻ってきた。氷嚢にバスタオルを巻きつけている。

それを頭の下に差し入れてくれたが、こんどは、タオルが厚すぎるせいで氷嚢の冷たさがまったく感じられなくなってしまった。

「あとは……これ。首にネギを巻くと早くよくなるから」

なぜか父は長ネギを手に持っていた。それを折り曲げ、陽の首に巻きつけていく。

苦しい。しかも臭い。息苦しさが増した。

だが病気で疲弊した陽はなすがままだ。

ただ死んだような目で父を見上げることしかできない。

「……陽くん。お父さん、もうそろそろ仕事に行かなくちゃ」

冗談だと思いたかった。

いまにも死にそうな息子を置いていくというのか。

氷嚢をバスタオルでぐるぐる巻きにして、首に悪臭漂うネギを巻きつけて……よくよく考えてみれば、ろくなことをしていないではないか。

「お母さん、もう戻ると思うから。ごめんね、陽くん。行くね」

すまなそうにしながらも、父はルーとシーを抱きかかえた。

陽はなんとか首だけを動かして、去りゆく父の姿を目で追う。

やや猫背気味の背中はすぐに見えなくなり、ドアの閉まる音がそれに続いた。

父は、息子ではなく、仕事を選んだのだ。

汗だくになりながら、陽は静かに目をつむった。


思い出しただけで胸が悪くなった。

あんなものは看病でもなんでもなかった。ネギで風邪が治ることはなかったし、そもそも陽の望みはだれかがそばにいてくれることだった。病気で気力も体力も落ち込み、心細かったのだ。

紐の切れたスニーカーを見下ろす。

子猫たちの声はいまだに小さく聞こえている。

あの二匹は、病気というわけではない。そのはずだ。

とはいえ、まだ幼いことに変わりはない。

「……これじゃ父さんと一緒だよ」

陽はいったん結んだ紐をほどいた。


実家で見つけた猫用のキャリーバッグに二匹を入れ、自分のアパートへ戻った。

先ほどと同じ手順でミルクを用意し、ソファに腰掛け、子猫の一方にスポイトを近づけてやる。

「ほら飲め。おいしいぞ」

子猫が探るような眼差《まなざ》しを向けてくる。

「もう……飲んでくれよ」

本当に病気ではないのだろうか。

また動物病院へ連れていく、となると大変だ。時間も労力もカネもかかる。

考えただけで気が滅入った。

と、持っていたスポイトがかすかに震えた。

はっとして目を向けると、子猫がスポイトの先を舐《な》めていた。

飲んでくれたのだ！

「うまいか？」

子猫は急に、まるでスイッチが入ったかのようにミルクを飲みはじめた。喉を通る音が聞こえてきそうな勢いだ。

「たくさん飲めよ」

なんだよ、やっぱり腹が減っていたんじゃないか。

心配させやがって。

スポイトでミルクを吸い上げては、二匹に、交互に飲ませていく。

自然と笑みが浮かんできた。その事実を自覚し、少し驚く。

と、そのときだ。

玄関から鍵を開ける音が聞こえてきた。

はっと顔を上げる。合鍵を持っているのは恋人の美紀だけだ。

ふだんから猫嫌いを公言しているだけに、こんな姿を見られるのは気恥ずかしかった。

なにを言われるかわかったものではない。

あわてて二匹をキャリーに押し込み、スポイトやミルクの容器をかき集め、まとめてベッドの下に隠した。

「あれ、陽くん、帰ってた？」

美紀の足音が近づいてくる。

なにもせずに座っていたのでは不自然だ。

陽はとりあえず手近な雑誌を手に取って広げた。

だがだめだ、これは猫雑誌だ。

やはりベッドの下へ滑らせ、代わりに就職情報誌を広げる。

間一髪、美紀が部屋に入ってきた。

「あれ、会社は？」

「うん……有給使った」

「……辞めるの？」

思いがけない質問が飛んできた。

「え、辞めないよ」

引きつった顔でこたえる。

美紀といい幸子といい、なぜ女性はこうも敏感なのか。

彼女はじっと陽の手もとを見つめている。

「だってそれ、就職の雑誌でしょ」

しまった。

いまさら雑誌を隠すわけにもいかない。

どうごまかせばいい？　どう言い繕えばいい？　――自分の心音がはっきりと聞こえてくる。

「私が言ったから？」

そういえば、何日か前に美紀から「辞めちゃえば？」と言われたことがあった。

だがもちろん、それが原因で離職したわけではない。美紀が責任を感じるのは筋違いだ。

必死で言葉を探し、頭の中で返答を組み立てていく。

「じ、自分の可能性をさ、探りたいと思っただけ」

「ふぅん」

美紀は一応、納得してくれたようだ。

「ケーキ食べる？　モンブランとイチゴショート」

美紀は右手に持っていた箱を掲げてみせた。

「うん。食べる」

「じゃあ切るね」

美紀は台所へ食器を取りにいった。

彼女が十分に離れたことを確認して、陽はさっとベッドの下をのぞいた。

子猫たちが不思議そうに陽のほうを見返してきた。

大丈夫だ、大人しくしている。

陽が頭を戻すと、ちょうど美紀が包丁と皿、それにフォークを持って戻ってきた。

ちゃぶ台の前に腰を下ろす。

「でも、せっかく苦労して就職できたんだから。辞めないほうがいいと思う」

「え？　この前と言ってること違うじゃん」

このまま辞めて別の就職先を見つける――そういう流れに話を持っていくつもりだったのだが、予定が完全に狂った。

「冷静に考えたら、そうなったの」

「まあ、そうだけど」

「もう若くないんだから。チャンスは活《い》かそうよ」

美紀がケーキを皿に取り分けていく。

と同時に、彼女の口から「くしゅん!」とかわいらしい声が飛び出た。

「……あれ?」

美紀は手で口を覆い、目をぱちぱちとまたたかせた。

くしゃみが出たことを不思議がっている様子だ。

「風邪?」

陽の質問に、美紀は首を横に振った。

「陽くん、実家で猫に触った?」

ぎくりとした。

美紀の場所からは、ベッドの下は見えないはずだが。

「どうして?」

「私、猫アレルギーだから」

なんということだ。

まったく知らなかった。間が悪いにもほどがある。

美紀が鼻をすすりながら言った。

「だから、陽くんが猫嫌いで助かったと思ってたの」

「そ、そう」

一刻も早く子猫たちをどうにかしなくては。

さらに間の悪いことに、ベッドの下で子猫たちが短く鳴き声をあげた。

陽はあわてて咳払《せきばら》いしたが、ごまかしきれなかったようだ。

「え、なにか聞こえなかった？」

美紀が耳をそばだてる。

「いや……外じゃない？」

「そう。気のせいだったかな」

「そうそう。ケーキ食べよう」

「うん……」

また美紀の口からくしゃみが出た。

いくら彼女自身が気づいていないとはいえ、アレルギー反応は容赦なく出てしまう。

しかも、美紀のくしゃみはだんだんと激しさを増してきた。

「ちょ、大丈夫？」

この部屋にいては駄目だ。

美紀のアレルギー反応が収まることは絶対にない。

陽は立ち上がり、美紀の腕を引いた。

「あのさ、いったん外に出よう。新鮮な空気を吸おうよ」

辛《つら》そうな美紀を促すと、彼女もこくこくとうなずく。


「あーしんどかった」

建物の前に出て数分後、ようやく美紀の呼吸が落ち着いてきた。

「でもさ、美紀が猫アレルギーだなんて知らなかったよ」

五年も付き合っているというのに、まったく気がつかなかった。

美紀は陽の実家にも何度か来たはずだが、あのときはルーとシーから距離を取るようにしていたのだろう。あるいは必死で我慢していたか。

「もう大丈夫だから。部屋戻ろ？」

冗談ではない。アレルギーの原因はまだ部屋の中に居座っている。それどころか、いま頃は部屋の真ん中へ出てきているかもしれない。

「あ、美紀さ、今日は帰ったほうがいいよ。きっと部屋の中、猫の毛が舞ってるんだよ。掃除しとくからさ」

「でも、ケーキ」

「取っとくから」

「生ものだもん、今日中に食べなきゃ」

美紀は食い下がった。

「こんど買ってくるから。ね？」

「そうね……」

彼女はしばらく考えていたが、最後にはうなずいてくれた。

「じゃあ、今日は帰る」

「それがいいよ。送ろうか？」

「ううん」

美紀は一度辺りを探るように見回して、陽の目をおずおずと見上げてきた。

「それより、ちょっと話があるんだけど」

「なに？」

他人に聞かれてはまずい話なのだろうか。

幸い、アパートの前には人っ子一人いない。

美紀は覚悟を決めるように息を吐き、吸い込み、また口を開いた。

「あのね。赤ちゃんができた、みたいなの」

「え？」

思わず素《す》っ頓狂《とんきょう》な声を出してしまった。

だが美紀は大まじめだ。

「予定日、八月だって」

照れくさそうに目線を下げる様子を見て、ようやく理解が追いついてきた。

美紀のお腹《なか》に、自分の子供がいる。

頭がくらくらして、まともに考えることができない。

「そ……そう」

もっと気の利いた台詞《せりふ》を返すべきなのだろう。「おめでとう」だとか「嬉《うれ》しいよ」だとか、そういった台詞を。

だが実際に思い浮かぶのは、「無職」だとか「養育費」だとか、そんな現実的な言葉ばかりだ。

「当たったね。六白金星は変動の年」

美紀は幸せそうに笑った。

つられるように陽も笑った。

だが乾き切った笑いだった。

美紀は気づかない様子で、嬉しそうに見上げてくる。

「いろいろ、決めないといけないね」

「そうだね……」

「明日にでも決めよっか？」

「うん」

自分の口が勝手にしゃべっているような感じだ。

無職になって、子猫を抱えて、子供ができた。

子供の母親は猫アレルギー。

この状況を整理できる脳みそを、残念ながら陽は持ち合わせていない。

美紀は満足そうにうなずくと、「じゃ、また明日」と言い残して帰っていった。

角を曲がるときに一度だけ振り向き、小さく手を振ってみせる。

陽はロボットのような動きで手を振り返した。

あの黒猫は、実はコウノトリだったのかもしれない。

それを素直に喜べないのは、自分の器が小さいからだろうか。

第三章

先人は言う。流れ星を見たら三回願いごとをなんたら……

「で、今日はどうしました？」

デスクの前で椅子《いす》を回し、獣医の白藤が訊《き》いてくる。

「今日はあの、猫のことじゃなくて、いや、猫のことは猫のことなんですけど」

思わず陽は口ごもった。

こんなことを動物病院で訊いていいものかどうか……。

だがいまさら帰るわけにはいかない。

「あの、猫がダメな人には、どうしたらいいかと思いまして」

「ダメって？」

「アレルギーみたいで」

「猫アレルギーなんですか？」

「あ、僕は違うんですけど。僕の、パートナーが」

陽は膝《ひざ》に乗せた子猫たちを見下ろした。この二匹がいる部屋に入ったときの、美紀のアレルギー反応は本当に激しかった。

「奥さんですか？」

「では、ないんですけど」

つい曖昧《あいまい》に表現してしまう。まだ籍は入れていないが、美紀は妊娠しているのだ。

その事実が重くのしかかっている。

白藤は困惑したように言った。

「ここ、動物病院なんですけど」

「そう思ったんですが。ただ、むしろ専門家かとも思って」

「しょうがないですね」

白藤はあきれたように息を吐いた。

「まずはニャンコをいつも清潔にしてあげること。それとニャンコの毛やフケが部屋に落ちます。それを餌《えさ》にするダニやノミからアレルギーを発症する可能性もあります。部屋もいつも清潔にしておいてください」

予想以上に大変そうだ。

陽は子猫たちをわずかに持ち上げてみせた。

「でも現実問題、こいつらの毛ってすごいですよね」

「ええ、すごいですよ。換毛期《かんもうき》なんて特に」

聞き慣れない言葉だった。いまでも十分に抜け毛がひどいというのに、これがもっと増える時期が来るというのか。

「なら無理ですよね？　部屋から抜け毛をなくすとか」

「みんなやってますよ。アレルギーの方がそばにいるなら、なおさらがんばらないと」

「無理だと思うなぁ」

陽がぼやくと、白藤の目つきが険しいものになった。

「鴨志田さん。努力してください」

「やっぱり、そうなりますか」

幸子の体調がよくなるまでの期間限定ということで、努力してみるか。


アパートに帰ってくると、陽はまず掃除を始めた。

傍らでは子猫たちがやりたい放題だ。

掃除機が興味深いのか、何度も猫パンチを繰り出し邪魔をされる。どこで覚えたのか、ティッシュボックスからティッシュを口で引っ張り出して、余計に散らかされた。

ようやく作業が終わる頃には、時刻は昼の十二時を回っていた。

さして広くもない部屋の掃除に、二時間近くもかかってしまった計算になる。

陽は恨めしい子猫たちを捕まえると、風呂場へと連行した。

シャンプーのボトルを手に取り、駆け回る二匹を見下ろす。

「三千円のシャンプーなんて使ったことないよ」

ホームセンターで値段を見たときは自分の目を疑った。普段、陽が使うシャンプーの十倍近い値段だ。

ぬるめの湯をシャワーから出す。子猫たちが驚かないように、勢いも弱めておく。

二匹を洗おうと手を伸ばすが、なかなか捕まえることができない。洗われるのをいやがっているのかもしれない。

やっと一匹を捕まえ、シャワーのお湯をかけていく。驚いた子猫はじたばたと暴れた。

気にせず、ミントの香りがついたシャンプーでわしゃわしゃと洗った。

一匹が洗われている間、もう一匹は浴室の中を縦横無尽に飛び跳ね、遊んでいた。おかげで陽の服も泡まみれだ。

なんとか二匹を洗い終え、ドライヤーで毛を乾かしてやった。

気づけば本格的に子猫たちの世話をしている。しかも、これらの労働は一円にもならないのだ。それどころか出費がかさむばかり。

「ほんと、なにやってんだろ」

さすがに、ぼやかずにはいられない。

今日は必ずハローワークへ行こう。

一時的に子猫たちを放置することになるが、今回ばかりはしかたない。


ある程度は予想していたが、現実は厳しかった。

ハローワークを訪れ、希望する勤務地や時間帯を端末に入力したところ、残ったのはたった数件。それらの情報をプリントし、陽は待ち合いの椅子に座っている。

番号が呼ばれたので、重い足取りで窓口へ向かった。

対応した職員は鈴木《すずき》という名前だった。いかにも頑固親父といった風貌《ふうぼう》だ。

求職申込書と求人票を黙読し、鈴木は仏頂面を上げた。

「鴨志田さんは、前の職場は一週間でお辞めになってますけど。これはなぜ？」

野太い声で訊いてくる。

「辞めたというか、一方的に辞めさせられまして」

「クビですか？」

「ちょくちょく休んでしまいまして」

陽がこたえると、鈴木の表情がいっそう厳しいものになった。陽の事情など知らないのだから、当然の反応かもしれない。

「で、希望職種は特になし。条件は残業なしの給与二十万以上……手に職もなし」

なんだかいたたまれない気持ちになってきた。

「そうなしなしと言われると、能無しみたいですね」

「違うんですか？」

真顔で訊き返されて、陽は思わず言葉を失ってしまう。

まさか面と向かって能無し呼ばわりされるとは思ってもみなかった。ハローワークの職員がここまで言っていいのか。

陽が呆然《ぼうぜん》となっていると、鈴木は「笑うところです」と、むっつりと言った。

どうやら冗談のつもりだったらしい。だがまったくおもしろくない。

陽は一応、愛想笑いを返しておいた。

鈴木はうなずき、また書類に目を落とした。

「鴨志田さんは、なにかご自分でやりたいことはないんですか？」

「そりゃあ、あり、ますよ」

そう言ったものの、正直なところ、特にこれといったものは思いつかない。

鈴木が畳みかけてくる。

「なにをやりたいんです？」

「でもいまは、やりたい仕事をなんて贅沢《ぜいたく》言ってられませんから」

うまくごまかしたつもりだったが、この返答も鈴木は気に食わなかったようだ。

「十分贅沢を言ってますよ。なしなし尽くしで二十万なんて」

「そうですけど、お金がいるんです」

「みなさんそうです」

「……子供が、できたみたいでして」

陽が正直に言うと、鈴木はあからさまに眉《まゆ》をひそめた。

「このままだと、甲斐性《かいしょう》までなしになっちゃうから」

わざと冗談めかして言ってみたが、鈴木はぴくりとも表情を変えない。

むしろ厳しい声で言われた。

「笑うとこじゃないです」

「すいません」

しゅんとなってうつむく。

「鴨志田さん」

鈴木が、あらたまった調子で訊いてきた。

「働くために、なにが一番必要だと思います？」

「根性とか、気合とかですか？」

「私の顔見てそう言ってませんか？」

「いや、そんなことは」

実際その通りなのだが、陽は返答を濁した。

鈴木が長く息を吐き出し、また陽の目を見つめてくる。

「覚悟です」

根性や気合とそれほど違わないように思えたが、口には出さなかった。

「覚悟、できてますか？」

心臓が強く打った。

家庭を持つ覚悟。子供を養っていく覚悟。

そうしたものが、たしかに、いまの陽には足りていないのかもしれない。

こちらも予想できたことだが、部屋は恐ろしく散らかっていた。

雑誌類の表紙はめくれ、なぜか玄関の靴が部屋の中央へ移動している。猫用のトイレは完全にひっくり返り、中の砂を床の隅々にまでぶちまけていた。

ため息をつきつつ部屋を片付け、ミルクを作りはじめた。四時間ごとに餌《えさ》を与える、というのは思っていた以上に面倒だ。

ソファに座り、またスポイトの先を子猫たちに近づけていると、玄関からドアノブのまわる音が聞こえてきた。

まずい、美紀だ。

たしかに今日も会う予定だったが、予想よりもずっと早い。

すぐさま陽は二匹をキャリーに押し込み、スポイトも一緒に放り込んだ。

それらをまたベッドの下へ入れようとしたが……だめだ、キャリーの嵩《かさ》が高いために入らない！

どうすればいいのか。

キャリーを片手に歩きまわった。いまにも美紀が入ってきてしまう。

とりあえず目についたトイレに駆けこむ。

「陽くん……あれ、トイレ？」

間一髪のタイミングでばれなかったらしい。ドアの向こうから足音が聞こえてくる。美紀は部屋のほうへ移動したようだ。

便座を下ろし、その上にキャリーを置いた。

カムフラージュのために水を流した。

何食わぬ顔でトイレから出ていく。

ベッドに腰掛けている美紀に、自分から声をかけた。

「あ、早いね」

「今日、午前中から気分悪くて。なんだか妊娠したことがわかったら急にね。これってツワリっていうのかな？」

気分が悪いわりには、美紀はずいぶんと元気そうだ。

「そう、かもね」

陽は笑ってみせたが、我ながらぎこちない笑顔になっていたと思う。

「ねえ、名前考えようよ」

「あ……え、もう？」

さすがに気が早過ぎるだろう。まだ妊娠がわかったばかりだというのに。

「ちゃんと調べてきたの。この辺りで有名な神社とか」

美紀は膝に乗せていたバッグからクリアファイルを取り出した。中には何枚かの紙が挟まれている。どうやら神社や寺のホームページを片っ端からプリントアウトしてきたらしい。

「ちょっと待ってよ。男か女かもわからないだろ？」

「両方準備しとくの。それで大きくなったら言うのよ、おまえがもし女だったら陽子だったんだよ、とか」

「え、陽子って付けるの？」

「たとえよ」

「もしかして、俺が陽だから陽子？」

「だからたとえだって」

美紀はあきれといらだちの入り混じった声で言った。

息を長く吐き出し、少し照れくさそうに見てくる。

「でも陽くんの陽の字、いいと思うよ」

「それなら、なにもこんなに見てもらわなくても」

「私が行きたいの。──ね、これ見てよ」

どうやら美紀は「神社や寺で名前を決める」という行為自体に魅力を感じているらしい。完全に手段が目的化した形だ。

プリントアウトの一枚を見てみると、立派な神社の写真の下に「赤ちゃん名付け」と書かれていた。さらに命名の大切さに関する説明が長々と続く。

「結構、お金取るんじゃないの？　こういうとこ」

「一生のことだもん。千円、二千円じゃかえってありがたみないよ」

たしかにそうかもしれないが、無職の身にそれ以上の額はかなり厳しい。

「まだ先でいいと思うけどなあ。生まれる前に変えたくならない？」

「そしたら、また行けばいいよ」

そう言い、美紀は立ち上がった。

嫌な予感がした。

「え、なに、どこいくの？」

「ちょっとトイレ」

トイレの「ト」の言葉が発音された時点で、陽も立ち上がっていた。

「あっと、俺も」

トイレには子猫たちを入れたキャリーがある。

なんとしても先に回収し、隠さなければならない。

「さっき行ってたじゃない」

「途中だったから。先いい？」

「いいけど……え、途中？」

トイレから水洗の音が聞こえてきた。

しまった、と心の中で舌打ちした。子猫たちのやんちゃっぷりを軽く見ていたのだ。おそらく二匹は自分たちでキャリーから出て、レバーを押してしまったのだろう。

「え？　だれかいるの？」

美紀がトイレのほうを不審そうに見やる。

「いやいや」

すぐさま否定したが、さすがに美紀はだまされてくれない。

「じゃ、なんで？」

「故障かな」

間髪を入れずにこたえた。

だが美紀は疑念を強めてしまったようだ。

なにも言わず、無言でトイレのほうへ歩いていく。

「美紀――」

あわてて止めようとするが、彼女は陽の手の間をするりと抜けていった。

ためらわずにトイレのドアを開ける。

さすがに猫がいるとは思わなかったのか、美紀はその場で目を丸くし、立ち尽くした。

中の惨状は、見なくてもわかった。

「あの、これには事情があってだね」

「……言ったよね。私、猫アレルギーだって」

それなのになんで飼ってるの？　と言いたげな声音だった。

ばれてしまった以上、正直に話すしかない。

「うん。母さんがさ、急に入院しちゃって」

「入院？　大丈夫なの？」

そう言えば、幸子の件も美紀には話していなかった。

「大したことなさそうなんだけど。それで猫をね、預かれって、無理やりさ」

「あきれた」

「あきれるよね」

「陽くんにあきれた」

わざわざ美紀は言いなおした。

恋人に隠しごとをしていた、という事実が許せないらしい。それに比べれば子猫を押しつけるぐらいどうということはない、という想《おも》いが伝わってきた。

美紀は部屋の中へ戻ってきて、自分の鞄《かばん》を肩にかけた。

「今日は帰る」

「うん……それがいいかもね」

いまは引き止めても無駄だろう。

喧嘩《けんか》になるだけだし、これ以上、アレルギーで苦しませるわけにもいかない。

美紀はまた玄関のほうへ向かった。

彼女がトイレの前を通り過ぎると、中で子猫たちが「にゃあ」と鳴いた。

美紀はくしゅん、とくしゃみをしながら靴に足を入れた。

陽はのろのろと玄関まで歩いてきた。

「猫、すぐに返すから」

「お母さん、大丈夫なのね？」

美紀が首を巡らせ、確認してくる。

陽はこたえた。

「もちろん。ピンピンしてる」

返答に満足したのか、美紀はかすかにうなずいただけで、そのまま玄関から出ていってしまう。

彼女の背後でドアが閉まった。

陽は違和感を覚え、下を向いた。

いつの間にか子猫たちがトイレから出てきて、陽の足首に身体を擦り寄せていた。

カップ麺《めん》の夕食を終え、猫用トイレの砂を入れ替えていると、背中に視線を感じた。見ると、子猫たちがベッドの上で丸くなり、陽のほうをじっと見ている。

「おまえらさ、もう帰ってくんない？」

子猫たちは陽を見つめるばかりだ。

「おまえらが来てから不幸続きなんだよ。失業だの入院だの。おまけに、子供とか名前とか……」

八つ当たりだとはわかっているが、ぼやかずにいられない。

「努力しろだの覚悟決めろだの。急にいろいろ押しつけられたってさぁ」

陽の愚痴がよほど退屈だったのか、いつの間にか二匹とも眠っていた。


不快なガリガリという音で目が覚めた。いつもと見える景色が違うのは、ソファの上で寝てしまったからか。

頭を起こすと、子猫たちの姿が目に入った。壁で熱心に爪《つめ》を研いでいるようだ。

うんざりしながら掛け時計を見上げると、まだ七時だった。カーテンの隙間《すきま》からは太陽の光が差し込んできている。

「朝から頼むよ……」

陽が言い終わる前に、壁がドンドン！　と乱暴な音を響かせた。隣の部屋の住人が叩《たた》いたのだ。彼も爪を研ぐ音で起こされた口だろう。

「すいませーん！」と大きな声で謝っておく。

ソファから降りて、二匹を順番に抱きあげた。

「あーあ」

ほぼ三十センチ四方にわたって壁紙がはがれ、下地の色がむき出しになっていた。応急処置でどうにかなるレベルではない。

このアパートがペット禁止だったことをいまさら思い出した。大家にばれたら大目玉だ。最悪、追い出されるかもしれない。

苦々しく思っていると、ちゃぶ台の上で携帯が振動した。

ひとまず猫たちを解放し、携帯を手に取る。

発信者は美紀だ。

「もしもし」

『おはよう。今日は仕事?』

「いや、休みだけど」

正確には毎日が休みだ。

美紀は、昨日のことは気にしていないらしく、明るい声で言った。

『なら一緒に行ってくれる? 神社とかお寺とか』

「あれか……」

子供の名前が云々《うんぬん》、というやつだろう。

猫のことを隠していた負い目がある。断りにくい雰囲気だ。

陽は観念して「いいよ」とこたえた。

くろねこルーシー㊤

④

竹書房文庫をご購読いただきありがとうございます。このカードは、今後の出版の案内、また編集の資料として役立たせていただきますので、下記の質問にお答えください。

J	●この本を最初に何でお知りになりましたか 1新聞広告（　　　　　新聞）　2雑誌広告（誌名　　　　　） 3新聞・雑誌の紹介記事を読んで　（紙名・誌名　　　　　） 4TV・ラジオで　5インターネットで 6ポスター・チラシを見て　7書店で実物を見て 8書店ですすめられて　9誰か（　　）にすすめられて 10その他（　　　　　）
K	●内容・装幀に比べてこの価格は？ 1高い　2適当　3安い
L	●表紙のデザイン・装幀について 1好き　2きらい　3わからない
M	●この作品のテレビドラマ&映画を観てみたいと思いますか？ 1観てみたい　2観たくない　3小説だけでいい
N	●最近買った映画・ドラマ関連の書籍のタイトルは？
O	●テレビドラマや映画で小説化して欲しいタイトルは？
P	●本書をお買い求めの動機、ご感想などをお書きください。
Q	●「くろねこルーシー」のどんなグッズが欲しいですか？

お手数ですが
切手をおはり
下さい。

郵便はがき

102-0072

東京都千代田区飯田橋2-7-3

㈱竹書房

くろねこルーシー

Chat Noir Lucy

上

愛読者係行

アンケートをお寄せいただいた方の中から抽選で50名の方に、小社の文庫本をお送り致します。尚アンケートの〆切りは、2012年８月末日到着分まで、発表は発送をもってかえさせていただきます。

A	フリガナ 芳名	B 年齢　　　歳 （生年　　　）	C 男・女
D	血液型	E	ご住所 〒

F	1	2	3	4	5	6	7	8	9	10	11	12
ご職業	小学生	中学生	高校生	大学生 短大生	各種学校	会社員	公務員	自由業	自営業	主婦	アルバイト	その他（　）

G	ご購入書店　　区（東京）市・町・村　　書店 CVS	H	購入日　　月　　日

I	ご購入書店場所（駅周辺・ビジネス街・繁華街・商店街・郊外店）
	書店へ行く頻度（毎日、週２・３回、週１回、月１回）
	１カ月に雑誌・書籍は何冊ぐらいお求めになりますか（雑誌　　冊／書籍　　冊）

●今後、御希望の方にはＥメールにて新刊情報を送らさせていただきます。メールアドレスを御記入下さい。

＿＿＿＿＿＿＿＿ @ ＿＿＿＿＿＿＿＿

＊このアンケートは今後の企画の参考にさせていただきます。応募された方の個人情報を本の企画以外の目的で利用することはございません。

『よかった。じゃあ昼過ぎぐらいに』

それならこんなに早く電話してこなくてもよかったんじゃないか、とも思ったが、陽は大人しく「わかった」と返事しておいた。

きっと美紀のことだ。朝早くに思い立ち、いても立ってもいられなくなったのだろう。

出かけている間、子猫たちはどうしようか。

そう思って二匹を目で探すと、また壁をガリガリと削っていた。

隣人がドン！　と壁を叩く。

『……いまの音なに？』

驚く美紀に、陽は「気にしないで」と、ため息混じりにこたえた。

改札の正面に立った。神社の最寄り駅で待ち合わせることになったのだ。休日なので行き交う人の数は少ない。

美紀はまだ来ていないようだ。

陽は猫用のキャリーを地面へ下ろした。

猫アレルギーの美紀と会うのにわざわざ猫を連れてくる、というのはどうかと思ったが、隣人や部屋への被害を考えると、置いてくるわけにもいかなかった。

ほどなく美紀が改札を抜け、近づいてくる。

「あれ、猫連れてきたの？」

「ちょっと、部屋に置いとけなくて」

陽はせめてもの罪滅ぼしに、薬局で買ったマスクを差し出した。いちおうパッケージには「アレルギー対策にも使える」と書かれている。

「無理？　だめかな？」

陽はたずねた。

美紀が上目づかいに訊いてくる。

「もう隠しごとない？」

「しない」

実はまた無職になった、とは言わない。

陽は思わず視線をそらしそうになったが、美紀は信じてくれたらしい。

「わかった」

そう言ってマスクを受け取ってくれる。

陽は心の中で「隠しごとをしてごめんなさい」と謝罪した。

休日にもかかわらず、境内は閑散としていた。それほど有名な神社というわけでもないので、正月以外は年中こんなものなのだろう。

社務所に行くと、二十歳そこそこに見える巫女《みこ》さんが応対してくれた。

「基本的には名前の候補をいくつか持ってきていただいて、神主さんに字数を見てもらう流れですね」

「名前の候補はまだ……」

陽が言うと、巫女さんは「でしたら」と続けた。

「神主さんと一緒に考えていただくこともできますよ」

「今日、いきなりでも大丈夫なんですか？」

美紀が期待に満ちた声でたずねる。

「神主さんの予定次第ですが。もし大丈夫だった場合は、そちら、参進口という場所があるんですけど。そこでお子さんに進んでもらいたい方向性とか、どんなふうに育ってほしいとか、そういったことをもとに相談していきます」

巫女さんは陽たちの背後を手で示した。

美紀は振り向き、参進口と呼ばれた場所を興味深そうにながめている。

陽は巫女さんのほうへ顔を戻した。

「まだそこまでは考えて――」

「お願いします」

陽の言葉を遮り、美紀が言った。

「え？」

思わず美紀のほうを振り向く。

今日は命名の流れについて聞く程度だと思っていた。いきなり神主と相談して決めていく、というのは、さすがにやりすぎではないのか。

「命名のご相談でよろしいですか？」

「はい」

だがどうやら美紀は本気らしい。

「あの、どれぐらいかかりますか？」

素早く陽はたずねた。

「だいたいみなさん、一時間ぐらいで決められますよ。もう少し考えたいときは、お電話でまた相談されたり」

「いや、時間じゃなくて、料金のほう」

「ちょっと！」

美紀が声をあげる。

だが巫女さんは笑みを崩さず、さらりと「一万円になります」とこたえた。

「一万円ですか」

無職にとっては大金だ。

いや、たとえ職があったとしても、自分だけなら絶対にこの額は出さない。


境内の石段に並んで腰を下ろした。キャリーは陽の側に置いている。子猫たちは顔だけ出して、外の景色を物珍しそうに見ていた。

美紀と二人で、達筆な文字で名前が書かれた色紙をながめる。色紙は合わせて二枚あり、一方が男の子用、もう一方が女の子用だ。

「鴨志田清鷹《きよたか》と、鴨志田雛《ひな》か」

陽は声に出して言ってみた。

「これさ、なんでどっちも名前に鳥が入ってんだろうね？」

「鴨志田だから、鳥つながりとか?」

美紀が疑問形でこたえる。

陽は社務所のほうを振り返った。

「ここ、そんな適当なの?」

「陽くんがハッキリどういう子にしたいか言わないから――」

「だからって鳥でまとめるのはおかしいでしょ」

「でも、なんか本格的にやってたよ」

「やってたけど」

たしかに神主は白い紙のついた棒をそれらしく振り回し、祝詞《のりと》をあげてはいたが……。

「なんか、鳥っぽいワード探してただけでしょ」

「うん……」

美紀も同じようなことを感じていたようだ。

彼女は反論せずに、「名前って難しいね」と言ってため息をついた。

見るからに落胆している。元気づけてやったほうがいいだろうか。

陽は無理やり明るい声で言った。

「でもまあ、ネギとか言われなかっただけマシだよ。鴨志田ネギ男とかさ」

美紀は笑ってくれなかった。

陽の言葉も耳に入っていなかったらしく、真剣な表情で言う。

「――私、やっぱり陽くんの陽の字、いいと思う」

「そう？」

「どういう意味でつけたのかな？」

「さあ……」

どこかから鈴の音が聞こえてきた。本殿の中でなにか儀式が行われているのかもしれない。

その涼《すず》しげな音色に、なぜか記憶の一部を刺激された。


やはり陽が七歳だった頃のことだ。

夜にもかかわらず、陽は恐ろしく寒い河原に立っていた。獅子《しし》座流星群に願いごとをしようと、父に無理やり連れてこられたのだ。

流れ星が消えないうちに三回願いごとをすれば、その願いは叶《かな》う――。

まだ幼かったこともあり、陽もその言い伝えを信じていた。

だがその夜は、父が落ち着きなく何度も話しかけてきたために、陽はことごとく願いごとをするタイミングを逸していた。

陽は夜空を見上げることに飽きて、河に石を投げはじめた。

すると父も石投げを始めた。しかも、よくわからない実況つきだ。

「サブマリン山田、ラッキーナンバー7には及びませんでした。山田、第二球、セットポジションに入りました！」

なにが楽しいのだろう。

陽には理解不能だったが、父はやけにはしゃいでいる。

隣ではルーとシーも興奮した様子でじゃれあっていた。

そのときだ。

頭上を一筋、明るい光が流れていった。

陽はそっと目を閉じて、願いごとを三度、心の中で繰り返した。

目を開くと、もはや夜空に流れ星はなかった。

一方の父は、肝心の流れ星にも気づかず、実況つきの石投げに没頭している。

しばらく経《た》って、ようやく父は振り返った。

「陽くんの名前はね、太陽の陽なんだよ」

「なんですか、突然」

急な話にとまどい、陽はたずねた。

得意げに父が説明する。

「易学ではさ、陽の字は積極的だったり前向きだったりって意味なの」

「そうですか」

「こう見えて父さん占い師だからさ、ずいぶん悩んで決めたんだよ。どう？　自分の名前の意味、嬉《うれ》しい？」

あまり興味はなかったが、面倒なので「嬉しいです」と返しておいた。さすがに表情までは作れなかったが、そこまでする義理はないだろう。

「……そう。よかった」

父は微妙な表情で言った。


あんなやりとりがあったことなど、いまのいままで忘れていた。

陽は隣を歩く美紀の横顔を盗み見た。

名前の由来。

話そうかどうか迷っていると、ふいに美紀が足を止めた。

「どうしたの？」

「あれ」

美紀が道の脇を指差す。

見ると、シャッターが閉まった建物の前に机が置かれていた。天板には「占い」と書かれた小ぶりの看板が立てられ、通行人のほうを向く形で中年の男が座っている。

「お願いしようか」

どうやら美紀はまだ懲りていないらしい。むしろ神社の命名がいまひとつだったために、今度こそ納得のできる命名を、などと考えているようだ。

陽は首を振った。

「やめとこうよ。見るからに胡散《うさん》臭いだろ？」

占い師は売れないコメディアンが着そうなスーツを身につけ、暇そうに爪を切っている。

「そうね……」

いったんは納得した美紀だが、陽が抱えた猫用のキャリーを目にして、よけいなことを思いついたようだ。

「じゃあこの子たちの名前は？　まだ決まってないよね」

自分たちのことが話題になっている、と気づいたわけでもないだろうが、いままで眠っていた二匹が目を覚ました。

キャリーから顔を出し、「みぃ、みぃ」と鳴きはじめる。

陽はうんざりして言った。

「いまはいいよ。母さんが勝手につけるって」

「いいから。ちょっと聞いてみよ」

陽の返事も待たず、美紀は占い師のほうへすたすたと歩いていく。

しかたなくついていった。

「すみません。命名とかやってますか？」

美紀が声をかけると、占い師はすぐさま顔に営業スマイルを広げた。

「やってますよ。お子さんですか？」

「いえ、猫です。子猫」

美紀が振り向く。

陽は観念して、キャリーを持ち上げてみせた。顔をのぞかせた子猫たちが占い師を見て、また声を揃《そろ》えて鳴きはじめる。

「おお、黒猫ですか。縁起がいい」

「え、黒猫って縁起いいんですか?」

美紀が意外そうにたずねた。

「日本では不吉だとよく言われますが。外国には縁起がいいものとして扱っている地域もあります」

「へぇ」

美紀は感心しているようだが、陽は反射的に「本当だろうか」と疑ってしまう。どうしても占い師という職業に拒否感があるのだ。

陽はたずねた。

「どんな占いなんですか? ここは」

「……占い」

よく聞こえなかった。

美紀が「え?」と訊き返すと、占い師は少し居心地悪そうに「国旗占いです」と言い直した。

国旗占い。

あまりに斬新すぎる手法のため、占い師も胸を張って言いにくかったのだろう。

だが美紀はむしろ興味を惹《ひ》かれたらしく、「へぇ、おもしろい!」と弾んだ声を出した。

「では、お座りください」

美紀の反応に自信をつけたらしく、占い師は余裕のある表情で言った。

「はい。じゃあこの子たち、お願いします」

美紀に促され、陽はキャリーを机の上に置いた。

前の丸椅子に美紀が座り、陽はその後ろに立つ。

占い師は鷹揚《おうよう》にうなずくと、机の上にタロットらしきカードを広げはじめた。

円を描くようにカードを混ぜたかと思うと、おもむろに中の一枚を表返す。

カードには見覚えのある図柄が描かれていた。

「オーストラリア」

占い師が図柄に対応する国名を口にする。

そうだ、たしかにあれはオーストラリアの国旗だ。

続けて占い師は別のカードを表返した。オーストラリアのものと似ているが、陽は見たことがない図柄だった。

どうやら占い師もわからなかったようだ。顔を引きつらせ、さりげなく台の下をのぞいている。どうやら国旗のリストを盗み見ているらしい。

占い師は顔を上げた。

「ツバル……」

あの国旗はツバル共和国のものらしい。陽がわからないのは当然としても、「国旗占い」の占い師がわからないのはどうかと思う。

「ツバル共和国……暑い……海」

占い師はそう言って目をつむると、さらに何事かをつぶやきはじめた。

「海……シー。手前にいる一匹目はシーです」

さすがに驚き、占い師の顔をまじまじと見つめた。

「あれ？」

美紀も気がついたらしく、首をねじって陽の顔を見上げてくる。

「たしか陽くんの実家の猫も……」

「偶然でしょ」

むしろ自分自身に言い聞かせた。

占い師はさらに自信を深めたらしく、先ほどよりも豪快にカードを混ぜはじめた。

「続きまして、もう一匹」

また見慣れない図柄が出てきた。

占い師はやはり下腹のあたりへチラチラと目をやり、「か、カタール」と国名を言った。

さらにもう一枚、カードを表返した。

図柄は上から黄色、白、緑の横長三色。中央の白い部分に法輪が描かれている。

これは陽も見たことがあった。

さすがに占い師も覚えていたらしく、「インド」と自信ありげに宣言する。

「インド……茶色……暑い……カレー……二匹目の猫はルーです」

「えーすごーい!!」

美紀が胸の前で手を合わせる。

子猫たちも場の雰囲気を感じたのか、キャリーの中で元気に動きまわっている。

「偶然、偶然」

そう言ったものの、陽自身も度肝を抜かれていた。

実際はたんに陽の実家で飼われていた猫の名前を当てただけだが、それでも十分、驚きに値する。

「気に入っていただけましたか?」

占い師が口もとに余裕たっぷりの笑みを浮かべ、訊いてきた。

さすがにこれだけ騒いでしまっては、「気に入らない」とこたえるわけにはいかない。

そう言えば値段を聞いていなかったな、と陽は思い出した。

「あの、おいくらですか?」

「一匹一万の、二万です」

「高っ!」

思わず叫んでいた。

吹っかけられたかもしれない。

手痛すぎる出費だった。

これまで以上に、占いのことが嫌いになった。


しばらくすると、ルーとシーはキャリーの中で寝息を立てはじめた。

二人で街灯の少ない道を歩いていく。

「あ、流れ星」

美紀が夜空を見上げ、立ち止まった。

すぐに目を閉じる。

陽は、そんな美紀の様子をぼんやりとながめていた。

「陽くん、願いごとした?」

目を開けた美紀が訊いてくる。

陽は肩をすくめた。

「迷信でしょ」

「なんか、冷めてるよね」

「え、なにが？」

美紀の非難がましい口調に驚き、陽はたずねた。

彼女はこたえず、また歩きはじめる。

「なんか、テンション上げるの疲れちゃった」

「無理やり盛り上がらなくてもさ」

陽は美紀を追いかけ、また隣を歩きはじめた。

たかが流れ星じゃないか——そう言おうとして、思わず口ごもる。

美紀の表情は、ふだんよりもはるかに真剣に見えた。

「私はいま、生まれてくる子供が元気なようにって三回願った。陽くんはそういうのないの？」

「いつも願ってるよ。星に願わないだけで」

正直、子供の健康について考えたことはなかった。まだリアリティがないのだ。

だが当然、生まれてくるからには、元気であってほしいとは思う。

美紀はうつむき、じっと地面を見つめている。

「わからないんだよ。いつも」

お互い三十歳を過ぎて、妊娠もわかったというのに、陽はまだ結婚の話を切り出せていない。美紀はそのことを指摘しているのだろう。

だが陽には陽の事情があるのだ。そうした事情も含めて話すべきなのかもしれないが……なんでもかんでも正直に話せばいい、というものでもないはずだ。

美紀は顔を上げた。

「嫌なこと訊いていい？」

「なに？」

「子供ができて、嬉しいのかな？」

即答できなかった。

美紀のことは大切に思っているし、家庭を築いていくつもりもある。

だがいま、このタイミングで子供ができて嬉しいかと問われると、微妙だった。

だがそれでも、陽はこたえた。

「……嬉しい」

「嬉しくなさそうなのに嬉しいって言われるのが、一番こたえる」

陽は反論しようと口を開きかけた。

だがそれを遮るように、美紀は不自然に明るい声で言った。

「はい。説教終わり。陽くんメンタル弱いから、これ以上責めると、どっか消えちゃいそうだから」

「消えないって」

そこまで無責任ではないし、消えて——たとえば美紀の前から失踪《しっそう》して——人生が好転するとはとても思えない。

陽は脇に抱えたキャリーを見下ろした。

その重みを肩に感じる。

「しばらく実家に戻ろうと思う。今後のこともあるし、母さんも心配だから」

「そっか」

「ちゃんと考えてるから」

取ってつけたような台詞《せりふ》だが、美紀はうなずいてくれた。

「わかった」

そう言って手を差し出してくる。

陽はその手を握りかえした。

彼女に導かれるようにして、川沿いの道を歩いた。


アパートへ戻るなり、ルーとシーは目を覚ました。さっそく部屋の中を走り回りはじめる。

そんな二匹を順番に捕まえ、陽は首輪をつけていった。オスのルーには赤い蝶《ちょう》ネクタイを。メスのシーには黄色いリボンがついたものを。どちらも帰りにホームセンターで買ったものだ。

「シー可愛い！」

美紀はマスクをつけながらも、楽しそうに二匹をながめていた。

「いい、それ似合う！　ルーもかっこいいね！」

二匹は慣れない首輪にとまどっているようだ。

こうしてみると、本当に先代のルーとシーに似ている。

血はつながっていないはずだが、ひょっとしたら遠い親戚《しんせき》かなにかなのかもしれない。

父の黒猫が、まるで世代を越えて生き続けているかのようだ。

また、獅子座流星群を見た日のことが思い出された。

いまにして思うが、あのとき陽が願った内容は最低だった。「早く帰りたい」——心の中で、そんなことを考えていたのだ。

できることなら、父に謝りたいと思う。

第四章

先人は言う。食べてすぐに寝ると牛になんたら……

数日後、さっそく陽は実家へ戻ってきた。アパートにはまだ荷物が残っているので、少しずつ移していくつもりだ。

さっそく父の書斎へ移動し、着替えを取り出していった。しばらくはこの部屋で寝起きするが、早急に元の自分の部屋を片付けなくてはならない。

廊下へ出た瞬間、危うくルーとシーを踏みそうになった。

「危ないなーもう」

二匹から離れた場所へ、そろりと足を下ろす。

台所へ向かうと、当然のようにルーとシーもついてきた。

ルーのほうが椅子《いす》から棚、棚からさらに高い棚へとジャンプし、最後は冷蔵庫の上までのぼってしまう。

「危ないって。降りなさい」

ルーは首をかしげ、不思議そうに陽の顔を見下ろしている。

そういえば、先代のルーも冷蔵庫の上がお気に入りだった。あの場所には猫を引きつけるなにかがあるのかもしれない。

そんなことを考えながら、陽は冷蔵庫の扉を開けてみた。

なにか飲むものでもあれば、と思ったが、残念ながら液体は醤油《しょうゆ》やポン酢などの調味料だけだ。

見舞いのあとで買い物にいこう、と心の中にメモした。


表の道へ出ると、子守唄を口ずさむ女性の声が聞こえてきた。

見ると、隣の門の前で清原が白猫を抱えている。

陽が会釈すると、清原は目を細めた。

「二代目……戻ってきたのかい？」

「二代目？」

後ろを振り返ってみるが、見える範囲にはだれもいない。

「あたしはあんたが子供の頃からそう呼んでる」

「はぁ……でも、呼ばれたことないですけど」

「だろうね。実は、直接言ったのは今日が初めてだ」

にやりと清原が笑う。

からかわれているのだろうか。なんだか面倒な人に捕まってしまった。

だがこれから実家で暮らすからには、隣人とは良好な関係を築いておいたほうがいいだろう。

陽は「二代目」の件には触れず、「あの、母が身体を壊しまして。しばらく様子を見ることに」と戻ってきた理由を説明した。

「二代目は黒猫、嫌いだったんじゃないのかい？」

「はい？」

清原の話は脈絡がなくて困る。

だが意味はなんとなくわかった。

黒猫が嫌いなのになぜ黒猫を連れてきたのか、と言いたいのだろう。

過去にそれほど親しかった覚えはないのだが、陽のことをよく知っているようだ。

「あんたはあたしと同じだと思ってたよ」

それだけ言って、清原はさっさと背中を向けてしまった。

「あの――」

陽が声をかけると、清原は振り返った。

「二代目って呼ぶの、やめてもらえませんか?」

たしかにいまはルーとシーの世話をしている。だが自分は父とは違うのだ。考え方も性格も生き方も、なにもかも違う。違っていたいと思っている。

「わかったよ。二代目」

清原は無表情にそう言うと、そのまま門の中へと入っていった。

やっぱり苦手だな、と陽は思う。


幸子の病室へ行くと、彼女は食事中だった。

そのまま続けてもらい、まずは汚れた服を引き取る。それらを紙袋に詰めて、代わりに新しい服を備え付けの棚に並べていく。

「なにか美味《おい》しい物食べたい」

「なに?」

陽は振り返った。

幸子は箸《はし》を置き、空《から》になった皿を不満げに見下ろしている。

「肉とか肉とか。あとは肉とか」

病院食は不満だ、と言いたいらしい。

「胃を壊して入院した人が、なに言ってんの」

「肉食系女子なもんで」

すねたような口調で言う。

陽はまともに取り合わず、話題を変えた。

「あのさ。俺、しばらく実家にいようと思うんだ。なにかとあるし」

「本当？」

「退院したらお祝いしようって美紀が言ってたよ。料理作るって」

「嬉《うれ》しい。美紀さんって料理できるんだ？」

「うん。結構うまい」

「とうとう結婚？」

一人息子が実家へ戻ると言い出し、恋人の料理のことまで持ち出したなら、親としてはそう考えるのが当然だろう。

だが実際のところは……陽自身は、まだそこまでは決断できていない。

「どうなんだろ」

そう言い、わざとらしい笑いでごまかしておいた。

幸子も一瞬だけ笑ったが、すぐに真顔へと戻る。

「で、仕事決まったの？」

「まだ……って、あれ？」

思わず「まだ」などと言ってしまったが、無職になったことはだれにも話していなかったはずだ。

「知らないとでも思ってた？」

「思ってた」

どうやらとっくの昔に見抜かれていたらしい。

まずいな、と陽は思った。

「美紀には黙っててくれる？」

「すぐバレるって」

「うん。まあね」

幸子の言うとおりだとは思うが、できれば少しでも先延ばしにしたい。その間に次の仕事を見つけられたなら理想だ。

「あんたさ、まだなにか隠してない?」

「ないよ」

反射的にそう答えた。


病室を出て、エレベータへと向かった。

どうやら産婦人科が近くにあるらしく、おなかの大きな女性と連続してすれ違った。

ふと見ると、待ち合いの席に赤ん坊を抱いた母親が座っていた。その赤ん坊が無垢《むく》な笑みを浮かべ、小さな手で陽のほうを指差してくる。

笑みを返そうとするが、うまく表情を作ることができない。

そう遠くない未来、自分も父親となるのだ。喜ばしいことではあるが、重たい現実でもある。

背中に強い視線を感じた。

振り返ってみると、廊下の先に幸子が立っていた。陽のほうをじっと見つめている。わざわざベッドから降りて、病室の前まで歩いてきたらしい。

陽が手を振ると、幸子もにこやかに振り返してきた。まるで「お見通しだぞ」と言わんばかりだ。

さすがに美紀の妊娠の件までは知らないはずだが、それらしい雰囲気は察しているのかもしれない。

「女って怖いな」

陽は寒気を感じ、逃げるようにしてエレベータに乗った。


実家へ帰ってくると、美紀が玄関の前でしゃがんでいた。

「あれ、どうしたの？　入ってればいいのに」

「鍵《かぎ》」

そう言い、彼女はスーパーの袋を持って立ち上がった。

「あ、そっか。ごめん」

すっかり忘れていた。アパートの合鍵は渡していたが、さすがに実家の鍵までは渡していない。むしろ陽自身、鍵を持つようになったのは最近のことだ。

鞄《かばん》から鍵を取り出していると、美紀が「そういえば」と、口を開いた。

「さっきスーパーでね、陽くんのこと話してる人たちがいたよ」

「俺のこと？」

「うん。黒猫屋敷に息子さんが帰ってきた、とかなんとか」

黒猫屋敷、という呼び名には聞き覚えがあった。父がいつも黒猫を連れていたために、実家の建物は近所からそんな呼び方をされていたのだ。

主婦のネットワークは本当に侮れない。まさか、もう戻ったことが噂《うわさ》になっているとは。

「それでね、陽くんが戻ってきたのは黒猫占いを始めるからじゃないか、とか言ってた」

「なにそれ。そんなわけないでしょ」

書斎で見つけたメモのことを思い出した。陽は占い師になる――たしかそう書かれていたはずだ。

馬鹿馬鹿しい。

なぜ皆が皆、寄ってたかって陽を占い師にさせたがるのか。

靴を脱いでいると、廊下の先からルーとシーが走ってきた。まるで出迎えるかのように陽を見上げる。相変わらずこの二匹は元気だ。

そして、子猫が元気だと、ろくなことにならないことはわかっている。

「やな予感……」

居間に入ると、一面、ティッシュだらけだった。棚の上に置かれていた置物や写真立て、本などはことごとく床に落下している。

「あーあ」

「大変だね」

美紀が気の毒そうに言った。


床に屈《かが》み、入念にコロコロをかけた。美紀のためにも、猫の毛は一本残らず取っておきたい。

その子猫たちは、いまはキャリーの中で眠っている。

顔を上げると、台所に立つ美紀の後ろ姿が目に入った。慣れない道具を使いながらも、手際よく料理をこなしている。

「――美紀の家にも、挨拶《あいさつ》行かなきゃな」

自然とそんな言葉が口をついて出た。

美紀の実家にはまだ行ったことがなかった。両親がどんな人物なのかも知らない。

「あ、大丈夫。お母さんにはもう言っておいたから」

美紀が振り返らずに言った。

「え、いつ？」

驚いてたずねる。

「昨日。お母さんとトンカツ揚げてるときに、ポロっと」

「どこまで話したの？」

「私が妊娠したとこまで」

信じられない。

そんなに重要なことを、そんなにあっさりと話してしまっていいのか。

陽自身はもっと時期を選んで、相手の反応をいろいろとシミュレートした上で話すつもりだったのだが……。

不安を覚えながらも、陽は訊《き》いた。

「お母さん、なんて？」

「あらそう、って」

「え、それだけ？」

「それだけ」

これまた耳を疑いたくなる話だった。

実の娘が妊娠したというのに、「あらそう」だけで済ませてしまえるのか。

意外と女親はそんなものなのかもしれないが。

「ほかは？　なにも訊かれなかったの？」

「うん」

美紀は振り返らずに、料理を続けながらしゃべっている。

「お母さん、キャベツの千切りに集中してたから。それ以上、話しかけれなかった」

そう言い、美紀は鼻をすすった。

わずかに声を詰まらせながら言う。

「陽くんさ、私に隠しごとしないでね」

「してない。もうしないよ」

クビになったことはまだ話せていないが、これは自分のためではなく美紀のための隠しごとだ。よけいな心配をさせないための方便。

「猫預かったの、隠そうとしたでしょ？」

やはり美紀は涙声だ。まさか、泣くほど辛《つら》かったのだろうか。

「ごめん……」

「許す。だから一つだけ、陽くんも私のこと許してくれる？」

ずいぶん改まった言い方だ。

陽が予想もしないような告白が待っているのだろうか。だから美紀は泣いているのか。

「怖いな……」

陽がつぶやくと同時に、美紀がくるりと振り返った。

彼女の鼻には、丸めたクッキングペーパーが詰められていた。

「ごめん。思い切って告白するけど、いま鼻がすごいことになってる。ルーとシーはかわいいんだよ？　でも身体が反応しちゃって」

「許すってそのこと？」

拍子抜けだった。

「許す許す、そんなの。しっかり掃除するから」

むしろ陽のほうが謝るべきことだ。

少しでも美紀が楽になるようにと、陽はまたコロコロを往復させはじめた。


食事を終え、陽は居間で横になった。

片手で頭を支える格好で、ぼんやりとテレビのバラエティ番組をながめる。

しばらくすると、食器を洗い終えた美紀が入ってきた。

「牛になるよ」

「ならないよ」

食べてすぐに寝ると牛になる――。

その言い伝え自体は知っているが、特に気にはならなかった。

人が牛になることなど絶対にあり得ない。

「じゃ、明日また来るね」

いつの間にか美紀は上着を羽織っていた。

陽は身を起こした。

「帰るんだ?」

「うん。陽くん、明日は仕事遅い?」

「あ、ああ……そうでもない」

仕事はないが、ハローワークには行くつもりだった。ただその用事も、長くかかっても午前中にはすべて終わる。

美紀が言った。

「ならまた晩ご飯、一緒に食べよっか」

「うん」

美紀の手料理が食べられるのは本当にありがたい。

明日は玄関で待たせないようにしよう。それに、今日以上に掃除も徹底しなくては。

「駅まで送るよ」

「いいよ、そのままで。疲れてるだろうし」

心が痛んだ。

少なくとも今日の陽は、大して疲れるようなことはしていない。

「そのまま寝ないようにね」

美紀は鞄を肩にかけ、さっさと出ていってしまった。

すぐに玄関の引き戸が開き、閉まる音が聞こえてくる。

鍵を閉めにいかないと――そんなことを考えながらも、陽は少しずつまぶたが下がるのを感じていた。

目の前にコロコロがあった。

また父のことを思い出した。

最近は過去の、自分でも忘れていたような出来事を思い出すことが多い。

その日、陽は居間の机で宿題の作文を書いていた。だが文章は「僕のお父さんは」まで途切れている。どうしてもその先が思い浮かばなかったのだ。

傍らでは父が扇風機に当たりつつ、ルーとシーを抱きながら眠っていた。見るからに暑そうで、実際、ひどく寝汗をかいていた。

そして——完全に眠っているにもかかわらず、父は片手を小刻みに、床をぺたぺたと叩《たた》くようにして動かしていた。指にガムテープを巻きつけ、猫の毛を集めている。

奇妙な光景だった。父はこれまでに同じ動作を数えきれないほど、それこそ眠った状態で行ってしまうほど繰り返してきたのだろう。

陽はいったん作文を中断し、立ち上がった。

父が食事のあとで置きっぱなしにしていた丼《どんぶり》を手に取り、台所へ運んだ。

スポンジを泡立てて洗う。


気づくと陽はコロコロの柄を握っていた。ローラー部分に埃《ほこり》や猫の毛が大量に付着している。

テレビからは先ほどと同じ番組が流れているようだ。

どうやら少しの間だけ眠り、無意識のうちにコロコロを使っていたらしい。

思わず苦笑する。これでは父と同じではないか。

ゆっくりと上体を起こし、リモコンを手に取り、テレビの電源を落とした。

そのまま立ち上がり、玄関の鍵をかけにいく。

あの日の父と同様に、陽も寝汗をかいていた。


翌朝、起きてみると、ルーの調子がおかしかった。

どうやら風邪をひいたらしい。

膝《ひざ》の上にルーを乗せ、ティッシュペーパーで鼻水を拭《ぬぐ》ってやる。と同時に、もう一方の手で携帯を握った。

「――鼻水が止まらないんです。耳なんかも熱いし」

動物病院の受付の女性に説明する。

電話の向こうからページをめくる音が聞こえてくる。予約の空《あ》きを確認してくれているようだ。

『今日は予約が詰まっていて……午前中に直接、来ていただければ、空いた時間に入れられるかと思いますが』

「午前中ですか」

ハローワークの予約が十時からだった。

辛そうなルーの姿を見下ろす。さすがに明日まで放置するわけにはいかない。

「わかりました。では直接、伺います」

ルーの鼻をまた拭った。

隣では元気なシーが飛び跳ねている。

その爪《つめ》がストラップに引っかかり、危うく携帯を落としかけた。

「あーもう！」

『は？』

「あ、いや、こっちのことです。すみません」

携帯のストラップは、子供の命名を頼んだ神社で買ったものだ。


ハローワークの担当者は例の頑固親父、鈴木だった。

陽は猫用のキャリーを足もとに置き、相手の視界から隠そうとしたのだが、あっさり鳴き声でバレてしまった。

鈴木が椅子を引き、机の下をのぞきこむ。

「猫ですか？」

「すみません。どうも風邪気味で、病院が午前中しか開いてなくて。いいですか？」

その質問にはこたえず、鈴木は無言で椅子に座りなおした。相変わらずの仏頂面だ。

かなり怖い。

足もとではルーが無邪気に声をあげている。

ひとまず無視して、陽は真剣さをアピールした。

「あの、先日も言いましたが、早く職を見つけなくちゃいけないんです。多少、条件が落ちても構いませんので」

鈴木はパソコンのキーボードをカタカタと叩きはじめた。まるで猫の声はおろか、陽の存在すらも無視するような態度だ。

やはり怒っているのだろうか。

「ただ、子供ができてしまいましたし……それを考えるとなんでもいいというわけでもなく、ある程度の収入があるほうがありがたいというか」

結局はいろいろと注文をつけてしまう。

そのことを指摘されるかと思ったが、やはり鈴木はパソコンの画面から目を離さない。

「あの……聞いてます？」

「聞いてますよ」

「それで、その、どうなんでしょう？」

ようやくキーボードを叩くのをやめて、鈴木は静かに口を開いた。

「働くのに一番必要なものって、なんでしたか？」

「は？」

「先日、教えましたよね」

「はぁ」

たしかに聞いたように思うが、正確には思い出せない。

ここ数日の変化があまりにも激しすぎて、過去の出来事の印象が薄れている。

鈴木がぎろり、と陽をにらんできた。

「あなたこそ、人の話を聞いてない」

「あの、ここまで出かかってるんですが」

必死で記憶の中を探るが、どうしても手が届かない。

結局、鈴木が先に「覚悟です」と言ってしまった。

「そう、それです」

「覚悟、できたんですか?」

こちらをまっすぐ見つめてくる。まるでヘビににらまれたカエルの気分だ。

陽は生唾《なまつば》を飲み込み、「もちろんです」と答えた。

「はい、目をそらした。嘘《うそ》ついてる」

「そんなことは、ないですよ」

気圧《けお》されながらも、なんとか鈴木のほうへ視線を戻した。

鈴木は陽の目を見つめ続ける。

「いいですか。働く覚悟とは、自分を律することだけじゃないですよ。だれかの責任をとる、自分以外の生活を引き受ける。そういうことも含まれるんです」

「それは、わかってるつもりですが」

「駄目だ、信用できない」

「なんでそんなこと――」

「猫が風邪気味なのに、ここへ来ている時点で信用できない」

鈴木は断固とした口調で言った。

まさか、猫のことを理由にされようとは。

「だって病院が――」

「病院は一つですか？」

陽の反論を遮り、鈴木がまくしたてる。

「この街だけで山ほどありますよね？　あなたは、どこか適当なんですよ。だから、行きつけの病院が埋まってたらすぐあきらめる。そうやって自分に言い訳をする。つまり、家族の責任を引き受ける覚悟が、あなたにはないんだ」

「だって、猫ですよ？」

なぜそこまで言われなくてはならないのか。

鈴木の反応はあまりにも激しい。まったくもって理解できない。

「いま、なんて言いました？」

鈴木のこめかみがぴくり、と引きつったように見えた。

「だって、猫ですよって……」

「あなたの、猫ですよね？」

「えっと……まあ、はい」

正確には母から預かった猫だが、一から説明するのは面倒だ。

それに、いまこの瞬間に限って言えば、陽の猫と言えなくもない。

鈴木は、陽の反応がなにからなにまで気に食わないようだ。

「えっと、まあはい、とはなんですか？　自分で飼っている自覚すらないんですか？」

「あの、猫を連れてきたのを怒っていらっしゃるんですか？」

陽は控えめにたずねた。

その質問にはこたえず、鈴木は長々とため息をついた。

「あなたとは温度差を感じる」

「すいません……」

「こんな赤ちゃんで、弱ってて、親が馬鹿で連れまわされてるとは」

さすがに驚いた。

ハローワークの職員が使っていい言葉ではない。

「馬鹿ってことはないでしょう」

陽は抗議したが、鈴木は聞く耳を持たない。

それどころか、さらに強い調子で言ってくる。

「あなたは物事の優先順位がわかってない。すぐ病院へ行きなさい」

出入り口へ向かって顎《あご》を動かす。帰れ、と促しているらしい。

「え、だってせっかく――」

「その子を治療してもらったら、また来なさい」

有無を言わせぬ口調だった。

とはいえ、素直に帰るのはためらわれた。ここにはわざわざ予約を入れて来ており、それに、一刻も早く職を見つける必要がある。

ぐずぐずしていると、「早く！」と鈴木に一喝されてしまった。

その声で、周囲の職員や求職者たちが一斉に振り向く。

いたたまれない気持ちになり、陽は立ち上がった。

キャリーを持ち上げ、追い立てられるようにして出口へと向かった。


「注射を打ちましたから。あとは、とにかく暖かくしてあげてください」

カルテから目を上げ、白藤が言った。

陽は膝の上にルーを乗せ、向かいの丸椅子に座っていた。

そのルーを見下ろす。

「先生。僕は、うまく育てられない気がするんです」

ハローワークでのやりとりが頭にこびりついて離れない。

職員の鈴木は「覚悟が足りない」と言った。「物事の優先順位がわかっていない」とも。あのときは腹が立ったが、いまにして思えばその通りだと感じる。むしろ正しい指摘だったからこそ腹が立ったのだろうと。

だが、どうしようもないではないか。

猫の優先順位が仕事よりも上だとはどうしても感じられない。そうした意識が簡単に変わるとも思えない。

「元々、母から預かってるだけですし。例えば、こちらで何週間か預かっていただくとか、できませんか?」

本当にルーやシーのためを思うなら、きっと自分などが育てないほうがいいのだ。美紀のアレルギーという問題もある。

白藤が微笑《ほほえ》み、訊いてきた。

「この子たち、かわいいと思ってます?」

「まあ、ときどきなら」

「子供とか動物って無垢でしょう? だからかわいいと感じるんです。無垢なものは自分を傷つけない。――鴨志田さんはこの子たちに傷つけられるんじゃないかって、どこかで思ってませんか?」

「そんなことは――」

ないと思う。

それとも無意識のうちに、どこかでルーやシーを怖がっていたのだろうか。

信じていなかったのだろうか。

腕の中で、ルーが「にゃあ」と鳴いた。

「だったら、いずれかわいく思えてきますよ」

白藤が穏やかに、だがきっぱりと言う。

それでも不安だった。

彼女の言う「いつか」が訪れるまで、ルーとシーを育てていける自信がない。


幸子に「どうしても」とせがまれ、陽はこっそりハンバーガーを買ってきた。

彼女のぶんは二つ、自分のぶんは一つ。

匂《にお》いがこもらないよう窓を開け、病室の隅でこそこそとかぶりついた。

いい歳をした親子がなにをやっているんだか、と馬鹿馬鹿しく思うが、久々に食べるファストフードはそれなりにうまい。

足もとではルーとシーが元気に離乳食を食べている。これまた病院側には絶対に見せられない光景だが、幸子は「せっかく高いお金を払って個室を借りてるんだから。それぐらい許してもらわないと」などと強気の発言をしている。

「あー肉、肉。肉ー」

幸子は早くも二つ目に取りかかっていた。厚手のパテが二枚も挟まった代物なのだが、幸子は還暦を過ぎたとは思えない食べっぷりを見せている。

陽は自分の食べさしを見下ろし、「母さん」と切り出した。

どうせいつかは話さなければならないのだ。

いまの、邪魔の入らない状況はちょうどいいだろう。

「なに？」

そういえば、美紀はトンカツを揚げながら母親に告げたらしい。

陽は、一緒にハンバーガーを食べながら伝えることになった。

「美紀、子供ができたんだ」

こうやって口に出していくことで、少しずつでも覚悟を固めていけるといいのだが。

幸子の返答を待たず、陽はまた自分のハンバーガーに口をつけた。

「それって」

口の中の物を飲み込み、幸子が言った。

「だれの子？」

陽は、思わずハンバーガーを噴いた。


ルーとシーが畳の上で眠っている。

陽も寝転がり、二匹の様子をながめていた。

昼の日差しが心地いい。縁側に吊《つ》られた風鈴がチリン、と音を立てた。陽が子供の頃から家にある風鈴だ。

父の居眠りする姿をまた思い出した。

よくよく考えてみれば、いまの陽はあのときの父と同じ場所で、同じ格好をしている。

顔を上げれば当時の自分が見えるような気がした。

そうだ。あのあと陽は、結局は二本の作文を書き上げたのだ。

たしか翌日は授業参観で――。

「僕のお父さんは、よく海外へ仕事に行きます。職業は商社マンというサラリーマンです。お父さんは、いつも忙しいので遊ぶときは少ないですが、休みのときはいっぱい遊んでくれます」

当日、陽は嘘のほうの作文を読みあげた。

それは「理想の父さん」を書いたものだった。

もう一つの、「本当の父さん」を書いたほうは机にしまったままにした。

父はずいぶん気落ちしたと思う。

だが作文を読み終えた陽は、振り返ることなく席に着いた。

結局、その日は一度も父と目を合わせなかった。

不思議だ。

当時の陽は、傷つくのは自分ばかりだと思っていた。

だが実際は、自分も父を傷つけていたのだ。

陽は天井の模様を見上げていた。

ルーとシーの気配が近づいてきた。どうやら二匹も目を覚ましたらしい。

一匹がざらついた舌で陽の頬《ほお》を舐《な》めた。
陽はいったん目を閉じて、また開いた。
起き上がり、鞄のほうへ歩いていく。
中から入れっぱなしだった就職情報誌を取り出した。
ページを開きながら、また父のことを考えた。
父は結婚し、一応は息子を育て、ルーとシーの面倒を見ていた。
少なくともいまの陽よりは、覚悟ができていたように思う。
ページに目を落とす陽を、ルーとシーがじっと見上げていた。
父は、いつその覚悟を固めたのだろう。

第五章

先人は言う。夜に口笛を吹くとなんたら……

午前中だけで四通の封筒が届いた。どれも企業からの不採用通知だ。

なかば予想していたことだが、それでも腹が立った。

くしゃくしゃに丸めて、片っ端から机の上へ投げだす。

ルーとシーがすかさず飛びついた。手で弾《はじ》いては追いかけ、また弾いては追いかけを繰り返している。いい気なものだ。

陽はごろん、と寝転がった。

二匹の跳ね回る音が聞こえてくる。

そこへボタボタ、と聞き慣れない音が混じった。

続けてかすかな異臭が漂ってくる。

その正体に気づき、あわてて飛び起きた。

「そこじゃない！」

怒鳴りつけるが、もう手遅れだ。
ルーが座布団をトイレ代わりに使っていた。
急いでルーを抱え、廊下に置いた砂トイレへと移す。
だがルーが放尿をやめなかったため、むしろ被害は居間全体に広がってしまった。
「あーあ」
途方に暮れていると、背後からバリバリとなにかを削る音が聞こえてきた。
振り返ると、シーが畳で爪《つめ》を研いでいる。
「こらルー！　じゃない、シー！」
陽はそちらへ飛んでいった。
だがシーは陽の手から逃れ、カーテンに飛びつき、爪を立ててぶら下がった。
布地が裂け、いやな音を立てた。いまさらシーを引きはがしても被害は変わらない。
陽はその場でため息をついた。

昼過ぎに美紀がやってきた。今日は幸子の退院日なので、わざわざバイトを休んでくれたらしい。

玄関から上がるなり、美紀は紙袋を手渡してきた。

「はい、これ」

「なに？」

「猫ってね、いきなり赤ちゃんと同居するとびっくりするらしいよ」

受け取って中をのぞくと、妙にリアルな赤ん坊の人形が入っていた。

「それであの子たち慣らしといて。陽くんも抱き方の練習すれば？」

「うん……」

袋からおそるおそる人形を取り出した。

と突然、人形が「ほぎゃーほぎゃー」と泣きはじめた。それに合わせ、手足がバタバタと動く。

ルーとシーも驚いたらしく、廊下でびくりと身を震わせていた。

「かわいいでしょ？」

最初は冗談かと思ったが、美紀は本気で言っているようだ。

台所で包丁の音が響いている。それに混じり、ときどき「くしゅん」というくしゃみの音も聞こえてきた。

もっとまめに掃除しなくちゃな、とぼんやりと思う。

陽は床に置いた人形のほうへ向き直った。

さすがに三十五歳ともなると、知り合いにも子持ちが増えてくる。赤ん坊を抱いた経験がないわけではないが、慣れているとはお世辞にも言えない。

試してみるか。

馬鹿馬鹿しいと思いながらも、おそるおそる人形へ手を伸ばした。

右手を首の後ろへまわし、左手を尻《しり》に添える。

「陽くん」

背後から急に呼ばれ、思わず人形を取り落とした。

「わっ……！」

人形は床に転がり、仰向《あおむ》けの格好で「ホギャー」と泣いた。

気まずく思いながら振り向く。

「なに？」

「これ」

美紀の手には皺《しわ》だらけの紙があった。

一瞬、理解できなかった。

だがすぐに、企業からの不採用通知だと気づいた。

「いま、無職なんだ？」

鼻にティッシュを詰めた美紀が、見た目とは裏腹の冷ややかな声で言う。

うかつだった。なぜもっとしっかり処分しておかなかったのだろう。

「いや、それは——」

「どうなの？」

言い訳のパターンをいくつか考えたが、どれも信じてもらえそうになかった。

観念し、「はい。クビになりました」と、うつむきながらこたえる。

美紀からの返答はない。

ありったけの勇気を振り絞り、顔を上げた。

「でも就活は、必死でやってる」

「なんで言わないの？」

「近々言うつもりだった。母さんも入院して猫の世話もあったし」

「言い訳ばっかり」

そう指摘されると苦しい。

美紀に心配をかけないため——自分ではそのつもりだったが、いまになって考えてみると、「言えば怒られるかもしれない」と恐れていた部分がないとは言えない。

というより、主にそれが理由だった。

「——陽くん、本当にちゃんと考えてる？」

「考えてるよ」

「生まれてくる子供のこともだよ」

即答できなかった。

考えていないわけではない。

だが実のところ、考えることを避けている、と言ったほうが正しいのかもしれない。

「隠しごと、する人なんだね」

美紀は陽に背を向け、廊下へと去っていった。

陽の前で、人形がまた「ホギャー」と泣いた。

ルーとシーが寄ってきて、人形の頬《ほお》をぺろぺろと舐《な》める。


台所には山盛りの千切りキャベツだけが残されていた。

美紀の携帯に電話してみるが、電源が入っていない、というアナウンスが流れるだけだ。意図的に切っているに違いない。

陽はまた居間へ戻り、ごろんと横になった。

天井を見上げ、美紀とのやりとりを思い返す。

たしかに解雇の件を話さなかったのは悪かったと思う。だが真剣に就職活動をしていることもまた事実なのだ。なぜ一方的に責められなければならないのか。

隣ではルーとシーが人形をつつきまわしている。かなり気に入ったらしい。

転がった人形が陽の耳に当たった。

いらだち、「来んなよ」とつぶやく。

だがルーとシーは構わず、また人形を陽のほうへ弾いた。

「……おまえらのせいだよ」

だんだん腹が立ってきた。

二匹がいなければ就職活動だってもっとスムーズに進んでいたはずなのだ。いまごろは新しい職に就けていたかもしれない。それなら美紀に責められることもなかった。

美紀の機嫌が悪いのだって、猫アレルギーと無関係とは言えないだろう。

ルーとシーがまた人形を弾いたらしく、耳のすぐそばで「ホギャー!」という泣き声が響いた。

陽は反射的に身を起こした。

「もう出てけ！　疫病神！」

人形を取り上げ、床へ向かって叩《たた》きつけた。

ルーとシーが飛び上がり、風のような早さで逃げだしていく。

自分で口にした「疫病神」という言葉に、いやな記憶がよみがえった。


小学生時代、クラスメイトからいじめを受けたことがあった。内容はさまざまだが、ランドセルに「インチキ占い」や「黒猫怖い」、そして「疫病神」といった落書きをされたことを強く覚えている。

考えるまでもなく、父の職業が理由だった。

その日の夕方、陽は父の目を盗み、ルーとシーを段ボール箱に閉じ込めた。

こっそり捨ててしまうつもりだった。二匹がいなくなれば父も占い師をやめる、自分がいじめられることもなくなる――そう幼心に考えたのだ。

陽が庭から段ボール箱を運び出そうとしていると、縁側から「陽くん?」という父の声が聞こえてきた。

箱の中でルーとシーが「みゃあ、みゃあ」と鳴き声をあげる。

「なにやってるの？」

父がサンダルを履き、庭へ降りてきた。

無言で陽から段ボール箱を取り上げる。

地面へ下ろし、蓋《ふた》を開けると、ルーとシーが一目散に逃げていった。

二匹を見送り、父は陽のほうへ目を戻した。

「なんでルーとシーをいじめるの？」

「……黒猫は、魔女の使いだから」

クラスメイトたちはそう言っている。

だから陽はいじめられる羽目になった。

「陽くんはルーとシーが嫌いなの？」

父が訊《き》いてきた。

「それとも、お父さんが……」

そこまで言い、父は口をつぐんだ。

こたえたくなかった。

そんな質問をしてくる父が嫌いだった。

父の職業も、黒猫ばかりをかわいがるところも、なにもかもが嫌いだった。

陽は地面を蹴《け》りつけるようにして走りだした。

「陽くん！」

うまい具合に、門の脇に陽の自転車があった。

それにまたがり、全力でペダルを踏みこむ。


いつの間にか眠っていたようだ。外では陽が傾きはじめている。

あまり気持ちのいい目覚めとは言えない。

できれば忘れていたい出来事だった。あの日のルーとシーには、さすがに悪いことをしたと思う。

罪滅ぼしというわけではないが、二代目のルーとシーに餌《えさ》をやることにした。

餌の袋を取りにいき、口を開けてバリバリと音を立てる。

「ルー、シー。ご飯だぞ」

ふだんならこれだけで飛んでくるのだが、今日はなぜか姿を見せなかった。

おかしい。
しばらく音を鳴らしてみたが、現れる気配すら感じられない。
「ルー、シー。おうい！」
廊下を歩き、部屋の扉を片っ端から開けていった。
だが二匹の姿は見当たらない。
サンダルを履いて庭へ出てみた。
「ルー！　シー！」
物置や植え込みの陰などを調べてみるが、結果は同じだった。
ふと門扉のほうを見ると、わずかに隙間《すきま》が開いている。
猫が通り抜けるには十分な幅だ。
背中にいやな汗を感じた。

家の前の道へ出ると、清原の姿が目に入った。
今日は白猫を連れていない。いまは、なぜか牛乳瓶に花を活けているようだ。
陽はそちらへ急ぎ足で近づいていった。

「すいません」

「おや、二代目」

二代目、という呼び名は引っかかったが、いまは、気にしている場合ではない。

「黒猫の子猫、見ませんでしたか？」

「いなくなったんだ」

おもしろがるような口調だった。

むっとしたが、我慢してうなずく。

「はい」

「昔、黒猫嫌いだったあんたが、いまは黒猫を探してる。因果だね」

「因果？」

なんの話だろう。

「あんた子供の頃、家出したことあっただろ？」

「ええ……」

「あのとき、旦那《だんな》さんがうちにも探しにきたよ」

「父さんが？」

陽は自転車で飛び出したのだから、隣家へ聞きにいくのは筋違いだ。いかにも父らしいとも言えるが。きっとそれほど動転していた、ということだろう。

「あんた、家にいづらかったから家出したんだろ？　それと同じさ」

清原がからかうような目を向けてくる。

たしかにあのとき、陽は父と一緒にいるのがいやで、その視線から逃れたくて家を出たのだ。

「猫は、いづらい場所にはいないんだよ」

そう断言すると、彼女は牛乳瓶を持ったままどこかへ歩いていった。


陽が事情を話すと、白藤は大きくため息をついた。

「鴨志田さん。毎度言いますけど、私は獣医です。探偵じゃありません」

「すいません。いま頼りにできる人がいなくて」

しょうがないですね、とあきれながらも、白藤は対応を考えてくれた。

「子猫は行動範囲が狭いから、それほど遠くに行ってないはずです。名前を呼んで探してみてください」

「それは、もうやってみたんですが」

「あとは張り紙をしたり、近所の人に聞いて回ったり」

近所の人、と聞いて清原のことを思い出した。

「あの、先生。猫っていづらい場所からは逃げるんですか?」

「それは、猫だけじゃないですよ」

ほかの動物や人間だって同じだ、というニュアンスが伝わってきた。

だとしたら、環境が変わらないかぎり、ルーとシーは家へ戻ってこないことになる。

「どうすればいやすくなるんですかね?」

「あれ、鴨志田さん。この前まで、あのニャンコたちを鬱陶《うっとう》しがってませんでした?」

少しいたずらっぽく訊いてくる。

「それは、まあ……でも、先生に言われて、相当努力したつもりなんです。本を買って読んだり、餌もトイレも毎日……」

陽の言葉に、白藤は納得した様子でうなずいた。

また真剣な表情に戻る。

「伝わってたんじゃないんですか? 言われたからやってるのが」

「え、猫にですか?」

そこまで敏感なものだろうか。

驚く陽に、白藤は諭すように言った。

「猫って感じ取るんですよ」


すでに辺りは暗くなっていた。

国道沿いの歩道を進みながら、白藤の言葉を思い返す。

猫は感じ取る。

たしかに陽はルーとシーに八つ当たりした。二匹がいなければうまくいく、と勝手な気持ちをぶつけてしまった。

それ以前に、心の底では世話を続けていくことをいまだに拒んでいたのだろう。

だが、だとしたら、陽が変わらないかぎり二匹は戻ってこないことになる。

変わることなどできるのだろうか。

視線が下がっていたおかげで、ふだんなら見過ごしていたはずの物に目が留まった。

歩道の柵《さく》の下に、花を挿した牛乳瓶が置かれていた。おそらく清原が活けていた代物だ。

ここなら彼女の家も近いから、まず間違いない。

昔、このあたりで事故でも起きたのだろうか。

と、目の前の国道を大型トラックが通過していく。結構な速度だ。

車道へ迷い出たルーとシーが大型トラックに轢《ひ》かれる――そんなイメージが頭の中に浮かんだ。

それどころか、痛々しい鳴き声まで聞こえたような気がする。

「ルー！　シー！」

一軒の廃屋が目に入った。

陽の実家と同じような古い日本家屋だ。見るからにさびれており、いまは取り壊しを待っているような状態らしい。板張りの塀は大半が腐り、剝《は》がれている。

そちらへ近づいていくと、またかすかな鳴き声が聞こえてきた。

ここだ。

ルーとシーはこの中にいる。

剝がれた塀の間をくぐり、敷地の中に入った。

一瞬、頭の中に「不法侵入」という言葉がちらついたが、無理やり追い払った。べつになにかを盗もうというわけではないのだ。気にする必要はない。

先ほど声がした方向には納屋があった。ちょうど車一台が入る車庫ぐらいの大きさだ。

雑草だらけの庭を進み、近づいていった。

引き戸がわずかに開いていた。子猫なら余裕で通り抜けられる幅だ。

かなり不気味だったが、とりあえず引き戸に手をかけてみた。

「ルー、シー……」

力をかけてみるが、ぴくりとも動かない。

さらにルーとシーの名を呼び、舌を鳴らし、口笛を吹いてみた。

納屋の奥からかすかな音が聞こえてきた。軽い物を滑らせるような音だ。ルーとシーががらくたをかき分けているのだろうか。

注視していると、引き戸の隙間から細長い物体が出てきた。

猫の前足か、と思ったが違った。

「うわっ！」

体長五十センチほどもあるシマヘビだった。艶《つや》のある身体が月光に照らされ、不気味な光沢を放っている。

夜に口笛を吹くと蛇《へび》がやってくる——。

そんな言い伝えを思い出した。

たしかに陽は直前に口笛を吹いた。意外と当たるものなのかもしれない。

そういえば、これ以外にも、父からは蛇に関する言い伝えを聞いたことがある。

家出に使った自転車は、河川敷まで来たところで前輪がパンクした。

特に行きたいところもなかった。陽は堤防に三角座りをして、流れる河をながめていた。

背後から足音が近づいてきて、隣に父が座った。

「陽くんは黒猫とか烏《からす》とか蛇とか嫌いかな？　父さんは好きなんだ」

そう言い、なにやらゴソゴソと始めた。

横目で見ると、父は年季の入った財布を取り出していた。開くと、中から干物のような、気味の悪い物体が出てくる。

「ほら。財布に蛇の抜け殻を入れておくと、お金が貯まるんだよ」

くだらない。

陽はまた川面《かわも》へ目を戻した。

「父さんのせいだよね？　でもルーとシーは悪くないんだ」

わざわざ追いかけてきて、父はまだ猫たちのことを話すのだ。

「父さんのことは嫌いでもいいから、ルーとシーは嫌わないでくれるかな？」

それが不満だった。

陽は父の十メートルほど前を歩いた。

商店街を抜けていたとき、自転車を押す父が追いついてきた。

「ねえ陽くん、おいしそうだね」

肉屋のほうへ目配せする。

たしかに、揚げ物の香ばしい匂《にお》いが漂っていた。

「コロッケ食べようか」

さっそく父が自転車のスタンドを立てる。

しかたなく陽も足を止めた。

「おねーさん！　すみません、コロッケ二つ」

「はいよ。二個ね」

どう見ても老婆にしか見えない「おねーさん」は、手際よくコロッケを紙袋に入れてくれた。

父が財布を取り出し、中を探る。

「ええと……ちょっと待って」

さらに財布を引っかき回し、とうとう上下を逆にして振った。

だが出てきたのは硬貨ではなく、小さく畳まれた蛇の抜け殻だ。

「あ、いえ、あの。ごめんなさい」

父は焦った様子で、ようやく見つけた五十円玉だけを渡した。

「やっぱり一個だけ」

「はいはい、一個ね」

店の女性は気にせず、コロッケ一つを元の場所へ戻した。

父が申し訳なさそうに言う。

「ごめんね陽くん。半分こしよっか」

父は受け取った紙袋からコロッケを取り出し、折り曲げるようにして割った。

だがうまく二等分できず、明らかな大小の差ができてしまう。

「買い食いは、お母さんには内緒だよ」

迷わず大きい方を手渡してくれた。

父自身は小さい方をかじり、飲み込み、照れくさそうに口笛を吹きはじめる。

と、すぐに口を閉じて、「しまった」という表情になった。

「やばい。蛇が来るかも」

夜に口笛を吹くと蛇が来る——。
そんな言い伝えを、父は本気で信じていたようだ。

シマヘビのほうも陽を見て驚いたらしい。

細長い身体をくねらせ、雑草の中へと大慌てで逃げていった。

ふと見ると、納屋の脇に白い紐《ひも》のような物が落ちている。

近づいて拾い上げてみると、蛇の抜け殻だった。どうやらずいぶん前にここで脱皮したようだ。

陽はそれを折り畳み、自分の財布にそっとしまった。

「にゃあ」という鳴き声が耳に届いた。

先ほどは納屋の中から聞こえたように思ったが、どうやら勘違いだったらしい。

陽は壁沿いに納屋をまわりこんでいった。蜘蛛《くも》の巣が顔にかかり、あわてて振り払う。

雲が動いたのか、月明かりがさっと差した。

二匹の黒猫が雑草をベッド代わりにしてくつろいでいた。

「ルー、シー、おいで」

二匹は陽の姿を見上げるばかりで、まったく動こうとしない。

警戒しているのだろうか。

だとしたら、その警戒を解いてやらなくては。

陽はゆっくりした足取りで近づいていった。

「帰ろう」

腰を落とし、そうっと手を差し出す。

二匹はゆっくりと身を起こした。

「一緒に帰ろう」

陽がそう言うと、ルーとシーは陽のほうへ歩み寄ってきた。

二匹を包むように持った。

胸のほうへ引き寄せ、やさしく抱きしめた。

「一緒に住もう」

二匹の体温が伝わってくる。

と、陽のポケットの中で、携帯が震えた。

アーケードに幸子の馬鹿笑いが響いている。

まさか、実の母親を背負う日が来ようとは。

「どれくらい食べたの？」

腰にかかる重さに辟易《へきえき》しつつ、陽は後ろの美紀にたずねた。

彼女は三人ぶんの荷物を運んでいる。

「生ビール五杯とカルビ五人前と、あといろいろ二十皿ぐらい」

「なんで退院した日に馬鹿食いするんだよ」

美紀と幸子はたまたま商店街の中で出くわし、「焼き肉を食べにいこう」という話になったらしい。結果として幸子は酔い潰《つぶ》れ、陽が呼ばれることになった。

たしかに幸子は入院中から「肉が食べたい」と繰り返していたが……。

と、その幸子が急に陽の目をふさいだ。

「ちょっと!?」

「教育的指導！　なんか言うところありらすか？　無職の子持ち！」

まったくろれつが回っていない。

どうやらさんざん二人で、陽への悪口で盛り上がっていたらしい。

「本日、本日よ。退院する母親をね、放置し！　その上、身重の身体で鼻にティッシュを突っ込んだままの！　女の子を泣かせているるるるのは、だれよ!?」

「俺です……」

反論の余地はなかった。

「よろしい。美紀さんと二人三脚でやっていくね？」

ようやく幸子が目から手を外してくれる。

陽は気まずく感じながらも、美紀と目を合わせた。

「はい」

美紀もばつが悪そうだ。

とはいえ、さすがにもう不機嫌ではない。

「じゃあ、美紀さんをおぶりなさい」

背中で幸子が大きく腕を振り、美紀のほうを指差した。

「え？」

「おぶりなさい……」

幸子は腕の向きをぐるりと変えて、今度は自分の足もとを指差した。

「美紀さん」

「は、はい」

「おぶられなさい」

言うなり、幸子は陽を突き飛ばすようにして背から降りた。

よたよたと歩き、美紀から荷物を奪い返す。

「危ないなぁ」

陽はぼやきつつ、「どうする？」と美紀に目で問いかけた。

彼女は目の表情だけで「やるしかないんじゃない？」と伝えてきた。

幸子はなぜか仁王立ちの姿勢になっている。

言い出したら聞かないことはわかっていた。

気は進まないが、背負っておいたほうがいいような気もした。いまここで、彼女の重みをしっかりと感じておくべきだ。

陽はしゃがみ込んだ。

しばらく間を置いて、美紀が身を預けてくる。

陽は気づいた。

いま自分が支えているのは、もはや美紀の身体だけではないのだ。そこには赤ん坊の重さも含まれている。

立ち上がり、陽は歩きはじめた。

肩越しに振り返ると、幸子は意外にも安定した足取りで、笑顔でついてきていた。背中で美紀がくすくすと笑う。

つられて陽も笑った。

見覚えのある場所へ差し掛かった。

陽が家出をした日、父がコロッケを買ってくれた肉屋だ。あの「おねーさん」が現役かどうかはわからないが、店はいまも営業を続けているらしい。

なぜかふいに、当時の、父の気持ちがわかったような気がした。

自分は嫌われてもいい、だからルーとシーのことは嫌わないでくれ、と言った父の気持ちが。

コロッケの大きい方をくれた父の気持ちが。

そんな父と同じ道を、いま、陽も歩きだそうとしている。

第六章

先人は言う。猫が顔を洗うとなんたら……

「あれ？」

見覚えのある中年男が目に入った。

男は道の脇に机を置き、その向こう側に座っていた。机には「黒猫占い」と書かれた小ぶりの看板が置かれている。看板の隣では黒猫が丸くなり、眠っていた。

「黒猫占いって……」

思わず足を止めると、占い師が顔を上げた。

「どうも」

「あなた、国旗占いの！」

間違いない。前に美紀と一緒に占ってもらったことがあるし、場所もあのときと同じだった。

なのに、目の前の占い師はとぼけた。

「国旗占い？」

「ほら、猫の名前を占ってもらったじゃないですか」

陽は手に持ったキャリーを掲げてみせた。

中ではルーとシーがごそごそと動いている。

「占い師は、常に過去を忘れる職業です」

「過去って、十日前ですよ？」

「過去は過去です」

占い師が真顔でこたえる。どんなこだわりかは知らないが、いまの自分は国旗占いとは無関係、と言いたいらしい。苦情でも出たのだろうか。

ふと机の下を見ると、例の国旗カードが鞄《かばん》の口からのぞいていた。

陽の視線に気づいたのか、占い師が無言で鞄のジッパーを閉める。

「どうです？　黒猫占い、やっていきませんか」

前回は二万円もぼったくられた。同じ過ちを繰り返すつもりはない。

「急ぎますんで」

陽が立ち去ろうとすると、なぜかキャリーの中でルーとシーが暴れた。

「お座りなさい。猫が共鳴している」

「してませんよ」

「しています。ほら」

机の上で黒猫がむくりと身を起こしていた。

いま気づいたが、この黒猫は四本の足の先だけが白い。

ルーとシーは「にゃあ、にゃあ」と鳴きはじめている。

まさか本当に共鳴しているわけではないだろうが、黒猫占い、というものには興味があった。

警戒しつつも、陽は椅子《いす》に腰を下ろした。

「いくらですか?」

「三十分、五千円」

無言で席を立った。

と、占い師が陽の服をつかんでくる。

「のところを、二千円」

無職の身には厳しいが、辛うじて許せる額ではある。

つまらない内容だったら支払わずに帰ろう、と腹の中で決めつつ、陽は椅子に座りなおした。

足だけ白い黒猫のほうへ顎《あご》をしゃくる。

「占いに猫、使うんですか？」

「そうです」

大仰にうなずき、占い師は紙を差し出してきた。

「では、ここに名前を書いてください」

猫を使うと同時に、名前の画数でも見るのか。

陽は素直にフルネームを書いた。

相変わらずキャリーの中ではルーとシーが暴れ、鳴き声をあげている。目の前の黒猫も気にしているようだ。あまり「黒猫占い」に適した状況とは思えない。

「すいません。ちょっと出していいですか」

陽はそう断り、キャリーからルーとシーを出した。

二匹は素早く机の上へ飛び移り、足だけ白い黒猫とじゃれあいはじめた。

「あれ。仲いいな……」

「出ました」

唐突に占い師が言った。

「え？　なにが」

「ありがとうございました」

占い師は三匹の猫に深々と頭を下げている。いまので占いが終わった、ということか。

あまりにも馬鹿馬鹿しい光景だ。

占い師は頭を戻し、まじめくさった顔で陽を見てきた。

「あなた、お父様を亡くされてますね？」

「え、あ、はい」

「いまから六年前」

「そうですけど……」

「ずいぶんお父様を嫌っていたようですね。お父様は、いつもそれを悩んでいた」

驚いた。

いったいどんなトリックを使ったというのか。

「なんでそんなこと、わかるんですか？」

「猫のお告げです」

三匹の猫を見下ろした。

お告げと言うが、三匹の黒猫はただ戯《たわむ》れているようにしか見えなかった。しかも、そのうち二匹は陽が連れてきた猫なのだ。

「お父様の職業を見て驚きました……我々と同業のようだ」

そこまでわかるというのか。

陽は占い師の、どちらかというと軽薄そうな顔を見つめた。

「すごいですね。え、ほんと、どうして？」

「さっきから、あなたの後ろにいらっしゃいます」

「え？」

反射的に振り返った。

だが当然、だれもいない。私鉄の駅からほど近い、個人商店がぽつぽつと並ぶ道が続くばかりだ。

「あなたをいつも見ていると、そう仰《おつしや》ってます」

「父がいるんですか？」

「あっ」

占い師は急に小さく声をあげた。目を見開き、陽の背後を凝視している。

またなにか見えたのだろうか。

気になって陽も振り返った。

やはりこれといった、それこそ霊的な存在は見えない。制服姿の警察官が近づいてくるぐらいだ。定期的な巡回だろうか。

「今日はこれで終わりです」

占い師が一方的に言った。

目を戻すと、いつの間にか猫を鞄の中に入れ、椅子を畳みはじめている。

「え、でも」

「お代は結構です」

「そんなわけには――」

「はい」

陽の言葉を無視して、占い師はやけにファンシーなデザインの傘を差し出してきた。

「え、なんですか?」

「今日のラッキーアイテムです」

ぐいっと、なかば強引に押しつけてくる。

「あの、もう少し話を――」

「水曜日と金曜日は、ここにいますから」

占い師は鞄からカラー刷りのチラシを取り出し、陽の手の上に重ねた。

チラシには目立つ文字で「占いの館」と書かれている。

「はい、この子たちはそっち」

占い師は慣れた手つきでルーとシーを抱きあげると、陽が地面に置いていたキャリーにそっと入れた。

陽は強引に立たされた。

なんなんだ、と思う頃には、もう目の前からは机も椅子もなくなっていた。

「じゃ、また」

商売道具が詰まっているらしい巨大なバッグを抱え、占い師は去っていった。


美紀と二人で食器類を包み、段ボール箱に詰めていく。

アパートの退去日が近づいてきたので、本格的に片付けることにしたのだ。冷蔵庫やソファなどはすでに業者が運び出してくれている。

いっぱいになった段ボール箱をガムテープで塞《ふさ》ぎ、持ち上げ、玄関へ運んだ。

扉に立てかけられた、濡《ぬ》れた傘が目に留まる。

この傘は本当にラッキーアイテムだった。占い師と会ったあとで、急に激しい雨が降ってきたのだ。

陽はちょうど駅へ美紀を迎えにいくところだった。美紀も傘を持っていなかったので、二人で相合い傘をする形でアパートへ帰ってきた。

お礼しなくちゃな、と考えつつ、玄関から部屋へ戻った。

美紀の姿を目にして、一瞬、混乱する。

「あれ、マスクは？」

ついさっきまで美紀は、しっかりと鼻まで覆うマスクをつけていたのだ。

部屋の隅ではルーとシーがじゃれあっている。

「いいの？」

「うん。なんか、慣れてきたみたい」

美紀が、自分でも不思議そうに言う。

「猫アレルギーってね、環境で変化するらしいよ」

「そうなんだ」

「家族だと思ったら、身体が受け入れたのかな」

美紀は二匹をやさしく見守りながら言った。

「そんな便利にできてないでしょ」

「陽くんは、ずっと猫嫌いだったんだよね？」

「猫っていうか、親父かな」

黒猫は占い師である父の象徴だった。父が猫にばかり愛情を注ぐことも不満だった。その想《おも》いが高まり、いつしか猫そのものに対して苦手意識が芽生えていた。

「俺、子供の頃、父親とあまり話さなかったから」

「気にしてるの？」

「気にしてるっていうか……気になってきた」

実際に黒猫を飼って、父のことを思い出すことが多くなった。と同時に、当時とは違った目で父のことが見られるようになった……ような気がする。

「あのさ」

美紀が目を上げ、あらたまった調子で言う。

「陽くん。実は、私も隠しごとがあるんだよね」

「え、なに？」

「怒らない？」

「やめてよ。怖いな」

できれば、昔の男関係の話などは聞かせないでほしい。

「私ね、一度だけ、陽くんのお父さんに占ってもらったことあるの」

「嘘《うそ》でしょ?」

思わず聞き返した。

美紀が小さく首を振り、続ける。

「小学生のとき、まんがクラブにいてね。私、一応部長だったんだけど、だれも作品あげないしバラバラだったの。それで悩んじゃって。たまたま行列ができてる占い師さんがいるっていうから」

「ちょっと待って。マジな話なの?」

「マジだよ。先代のルーとシーにも会ってる」

「驚いたな」

最初はからかっているのかと思ったが、どうやらそうではないらしい。

「猫アレルギーは?」

「当時は平気だったの。それでね、実際に占いをお願いしたら、お父さんが猫にきびなごを食べさせたの」

「なんだそりゃ」

「そしたらルーとシーが頭だけ残しちゃって。陽のお父さん、『見なさい。頭が残った。ヘッドが必要ってことだから、君はがんばって部長を続けなさい』って」

「インチキくせー」

占い師のさじ加減一つで、どうとでも解釈できそうな結果だ。

「でも私、嬉《うれ》しくて。だれかにそう言ってもらえるのを待ってたんだと思う。その残ったきびなごの頭をくださいって。そうお父さんにお願いして、持って帰ったの」

そんな申し出をするぐらいだから、本当に美紀は嬉しかったのだろう。大げさな話ではなく、父の占いに救われたのかもしれない。

それにしても、意外な話だった。

長く付き合っていたが、本当に初めて聞く話だ。

「なんでいままで言わなかったの？」

「陽くん、お父さんの話すると怒るから」

「え……ちょっと待って」

恐ろしい可能性に思い至り、陽はたずねた。

「ってことは、それで俺だったたってこと？　世話になった占い師の息子だから、それで選んだとか」

「それは偶然」

美紀が苦笑する。

「私もほとんど忘れてたもん。だけど、親子だから同じ匂《にお》いを感じたのかも」

「ぜんぜん嬉しくないいんだけど……」

「それでも、運命ってあるんだなって。思った」

さすがに運命と呼ぶのは大げさだと思うが、少なからぬ縁は感じる。

「陽くんは、お父さんに占ってもらったことなかったの？」

「あるわけないでしょ」

足もとへ擦り寄ってきたルーとシーが、「にゃあ」と鳴いた。


一日実家を空《あ》けただけで、企業からの封筒が七通も届いていた。

居間でそれらを順番に開けていく。

どれもこれも不採用通知だ。返送された履歴書の中で陽が間抜けな笑みを浮かべている。

街のインスタント写真機を使い、苦労して撮ったものだが、すべて無駄になった。

だんだん腹が立ってきて、思わず中の一枚を丸めた。

適当に投げ捨てると、さっそくルーとシーがおもちゃにして遊びはじめる。

向かいでは幸子がノートパソコンのキーを叩《たた》いていた。『ああ、占い師の妻』の続編を執筆しているのだ。

還暦に近い母親のほうが、三十五歳の息子よりも多くの額を稼いでいる。というより、息子はまったく稼いでいない。

ますますみじめな気分になった。

ため息をつきつつ鞄を開け、中から就職情報誌を取り出す。

一緒にA4サイズの紙が出てきた。占い師から手渡された『占いの館』のチラシだ。

「ねえ、母さん」

凝ったロゴを見下ろしながら、陽はたずねた。

「黒猫占いって、父さん以外にもいたの?」

「なんで?」

キーボードを叩く手を止め、幸子が顔を上げる。

「たまたま見かけたんだ。アパートの近くで」

チラシを裏返すと、占い師の写真やプロフィールが並んでいた。昨日の、黒猫占いの占い師もちゃんと紹介されている。名前は佐藤《さとう》純導《じゅんどう》というらしい。

その写真を目にした瞬間、幸子はパッとチラシを奪い取った。

「こいつ、まだいたのか」

「知ってるの?」

「父さんの元弟子」

「弟子?」

やはり父と関係があったのか。だから『黒猫占い』をやっていたのだろう。

それにしても意外だった。父が弟子を取るようなタイプだったとは。

「いい加減なことばかりするもんだから、父さんが破門にしたの」

幸子が渋い表情で言う。

「水晶玉に小型テレビを仕込んだり。世界の紙幣占いとか始めたり……」

「なんか、わかる気がする」

国旗占いのことを思い出して、陽は納得する。

「あんまりひどいから父さん、『黒猫占い』の名前も使わせないことにしたの」

「使ってたけど……」

「なら法律違反だ。警察に訴えてやる」

幸子が息巻く。

「いや、さすがに無理でしょ」

「無理なもんか。父さん、ちゃんと特許も取ったんだから」

「特許？　占いでそんなの取れるの？」

「それができたの。特許庁にルーシーを何回も連れてって」

名前を呼ばれたと思ったのか、ルーとシーが「にゃあ」と鳴いた。いつの間にか箪笥《たんす》の上へ移動している。

「だから、『黒猫占い』の名前を使えるのはあんただけだよ」

「俺？」

「そりゃそうでしょ。お父さん死んじゃったんだから、相続権はあんたにあるもの」

「特許って相続できるの？」

幸子はしばらく陽の顔を見つめ返し、おもむろに口を開いた。

「さあ？」

なんとも頼りない話だ。


予防接種を終えたルーとシーを、陽は膝《ひざ》の上に乗せた。

向かい合った白藤が微笑《ほほえ》む。

「ちゃんと育ててますね。初めてお会いしたときは、どうなるかと思いましたけど」

「先生にはいろいろと教わりました。なあ？」

二匹を見下ろすと、タイミングよく「にゃあ」と鳴いた。

「完全に鴨志田さんにこたえてますすね」

「鳴いてるだけですよ」

「こたえてますよ」

白藤が自信ありげに言う。

「猫って人間と会話できるんですよ」

「それは、話したつもりになってるだけでは？」

「でも鴨志田さん、さっきからルーとシーにずっと話しかけてますよ」

「え、僕がですか？」

意外な指摘に、思わずルーとシーを見下ろす。

「はい。自分で気づいてないんですか？」

「そんなつもりはないんですが……」

「人間よりルーとシーと会話するほうが多いんじゃないんですか？」

そう言って白藤はふふふ、と笑う。

冗談めかした口調ではあるが、笑えない話だった。

陽はいま無職だ。自宅で、一人でいることが多い。言われてみれば、たしかに人よりもルーやシーと話す機会のほうが多いかもしれない。

ルーとシーがまた「にゃあ」と鳴き、前足で顔をこすった。いわゆる「猫が顔を洗う」というしぐさだ。

猫が顔を洗うと雨が降る――。

この言い伝えについても、陽は、父に聞かされて知った。

当時は学校へ行く直前に、よく父に引き止められたものだ。

「陽くん陽くん、傘を持っていきなさい。あと長靴も！」

外が晴れていても父はお構いなしだった。「友達の中で一人だけ長靴を履いていたら馬鹿にされるかもしれない」などという考えは一切、浮かばないらしい。

「晴れてます」

陽がそう主張しても、父は頑固に首を振る。

「いや、降ります。だってルーが顔を洗ってるでしょ？」

廊下に視線を移すと、たしかにルーが前足で顔をこすっていた。

だが陽は無視した。

たとえ本当に雨が降るのだとしても、父の言うとおりにはしたくなかった。

「いいです」

そう言って玄関から出ていく。

背後でルーが「にゃあ」と鳴いた。

「傘ぐらい持っていけばいいのに」と言われたような気がした。


チラシを片手に、古い雑居ビルを見上げた。

二階部分の窓に「占」の文字が書かれている。看板も出ており、どうやらフロア全体が『占いの館』となっているようだ。

佐藤に傘を返すつもりだった。高価な物ではないと思うが、一言、お礼も言っておきたい。あとは——父の弟子だった、という人物に対する興味もあった。

自動ドアをくぐり、建物に入る。

二階なので階段を使った。のぼってすぐの場所に受付があり、カウンターの向こうにブラウス姿の女性が座っていた。

脇のラックに「占いスクール」と書かれたチラシが大量に置かれている。

「体験入学の方でしょうか?」

さっそく声をかけられた。

「いえ……」

少し戸惑う。

『占いの館』という名前なので、もっとおどろおどろしい場所を想像していたのだが。

「ここ、学校なんですか?」

「はい。基本は占いの館なんですが、併設してスクールも営業しています」

「へぇ」

世の中には占いの学校などという場所が存在するのか。

受付の女性がにっこりと笑う。

「よろしければどうぞ」

入学案内のパンフレットを手渡された。

断るのも失礼なので、とりあえず受け取っておく。

その上で、陽は本題を切り出した。

「あの、佐藤さんという占い師さんはいらっしゃいますか?」

「佐藤ですか？　いまですよね。えっと――」

受付の女性はふたたび椅子に座り、手もとのパソコンを操作した。所属する占い師のスケジュールを確認してくれているらしい。

「なんの用ですか？」

野太い関西弁の声と共に、受付の奥から威圧感たっぷりの女性が出てきた。年齢は幸子ぐらいだろうか。ずいぶんと派手な服を着ており、なぜか指輪のたくさんついた手でたこ焼きのパックを持っている。

呆気《あっけ》にとられつつも、陽は言った。

「以前、傘をお借りしたので。それを返しに」

「佐藤は、一週間ほど前に辞めましたわ」

話している途中にもかかわらず、女性はたこ焼きを一つ、口に放り込んだ。もぐもぐと咀嚼《そしゃく》しながら続ける。

「一身上の都合ですわ。――あかんなぁ」

「はい？」

「東京のたこ焼きはあかんなぁ」

このアクの強さから判断するに、この女性も占い師なのだろう。

「あの、じゃあ……これで失礼します」

軽く会釈し、陽はその場をあとにした。


外へ出ると、いつの間にか雨が降っていた。

せっかくなのでまた佐藤の傘を使わせてもらう。

「あれ、ここ……」

来るときは気づかなかったが、雨が降る風景に、なぜか見覚えがあった。

「そうだ」

以前にこの細い路地で、まさにこの場所で、陽は父を見かけたことがあった。


あれはどしゃ降りの日だった。

少しでも早く家に帰りたくて、幼い陽は近道をしたのだ。

黄色い傘をさして、黄色い長靴を履いて、水たまりを突っ切る。

「ほらっ、おまえたち」

聞き覚えのある声に、思わず足を止めた。

父だった。

ルーとシーを自分の服の中に入れ、必死で傘を広げている。

だがいったいどんな使い方をしたのか、傘は穴だらけだった。黒猫たちが爪《つめ》で引っかいたのかもしれない。

「いたたたたたた！　……爪！　爪、立てるな！」

雨粒に濡れながらも、父はルーとシーを必死でかばっている。

「――ボク」

突然、後ろから声をかけられた。

振り向くと、二十歳ぐらいに見える青年が立っていた。手には風変わりなデザインの傘を握っている。

「これ、持って行ってあげな。ボクのお父さんだろ？」

何者だろう。なぜ息子だと知っているのだろう。

父と陽が一緒にいるところを見たことがあるのかもしれない。

陽が不審がっていると、青年はふっと笑った。

「これ、今日のラッキーアイテム」

風変わりな傘を、ぐいと突き出す。

「ボクって歳じゃ、もうなくなったね」

振り返ると、黄色い傘をさした佐藤の姿があった。

ようやく思い出した。あのときの青年は佐藤だったのだ。当時よりも顔のしわが増え、頭には白髪が混じっているが、間違いなく本人だ。

「僕のこと、知ってたんですか？」

陽はたずねた。

「鴫志田って、そんなにない名前だからね」

黒猫占いをしてもらう前に、陽は紙に名前を書かされていた。あの時点で佐藤は気がついていたのだろう。ならば、父のことを当てられたのは当然だ。

「……雨は？」

父の件はともかく、佐藤はなぜ傘が必要なことまでわかったのだろう。

陽の質問に、佐藤がいたずらっぽく笑う。

「あれは天気予報」

「ルーとシーの名前は――」

「黒猫の双子を見たら、真っ先にその名前が浮かんでね」

「なるほど」

わかってみれば単純なことだ。

佐藤は真顔に戻り、懐かしそうに言った。

「カモさんから君のことはよく聞いてた。実際に見たことも何度かあったしね」

世の中には父を「カモさん」と呼ぶ人がいるのだ。

その事実が、妙に新鮮に思えた。

「僕のこと、父はなんて？」

「もっと一緒に話したいって。そればっかりだったね」

当時の陽は、父と話すことを拒んでいた。その自覚がある。

思わず下を向くと、横顔を佐藤がのぞきこんできた。

「しかしカモさんに似てるな。不器用な感じが」

昨日、美紀にも似たようなことを言われた。

父と同じ匂いを感じたと。

「カモさんの占いは不器用だけど温《ぬく》もりがあった。だから、ついていく気になったんだけどね」

「破門になったって聞きましたけど」

「げ、バレてたか。――僕も不器用なもんでね」

佐藤は苦笑し、天を仰いだ。

雨脚はずいぶんと弱くなっている。

「もう、やむかな」

佐藤はそれだけ言うと、また陽と目を合わせた。

その目をふっとそらし、踵《きびす》を返してしまう。

「あの……」

陽は思わず呼び止めていた。

「占いって、おもしろいですか?」

佐藤は前へ出しかけていた足を戻し、振り返った。

「どうして?」

「破門になってまで続けてるから」

「それ、カモさんに訊《き》いてあげてたら、喜んだろうな」

幼い陽がたずねていたら、父は満面の笑みで「おもしろい」とこたえただろう。

つまり、それが佐藤のこたえだということか。

「カモさんがある日、僕にこう言うんだ。どうやら息子が将来、占い師になりそうだって」

以前、父の書斎で「陽は、占い師になる」と書かれた紙を見つけたことがあった。

やはりあれは父が書いたものだったのだ。

「息子は占いになんて興味ないから、なにも残してやれない。困った困ったたって」

「そんな、勝手に人の人生を――」

陽が言い終える前に、佐藤がまた口を開いた。

「カモさん占ってたからね。君のこと、毎日」

「そんなわけないですよ」

父は常に占いと黒猫のことしか考えていなかった。息子のことなど一度も顧みたことがなかった――少なくとも当時の陽はそう思っていた。

佐藤が首を振る。

「親だったら息子の未来を占うもんじゃないの？　子供いないからわかんないけど」

そうなのかもしれない。

父は来る日も来る日も、陽のことを考えていたのかもしれない。

「占いはおもしろいよ」

いまさらながらに、佐藤は陽の問いにこたえた。

「人のことを真剣に考えるのは、しんどいけど、おもしろいんだ」

佐藤はにこりと笑い、今度こそ去っていった。

空を見上げると、いつの間にか雨は上がっていた。


実家の居間で、陽は占い学校のパンフレットを広げていた。

やはり『占いの館』の受付で会った女性は占い師だった。それも占いスクールの校長とのことで、そうそうたる経歴が並んでいた。ふだんから芸能人や企業経営者の占いなども行っているらしい。

「そういえばテレビで見たことあるな。すごい人なんだ」

興味があるのか、ルーとシーも横からパンフレットをのぞいてくる。

「ここに行けば、占い師になれるのか？」

ルーとシーが「にゃあ」と声を揃《そろ》えた。どうやら肯定したらしい。

「本当かよ」

そうたずねつつ、二匹の頭を撫《な》でてやる。

直後、地響きのような音が轟《とどろ》き、家全体が震動した。

ルーとシーが仰天し、あわてて部屋の隅へと走っていく。

「なんだ……!?」

天井から吊《つ》り下げた照明器具がぶらんぶらんと揺れている。

そうだ、幸子は無事だろうか。

あわてて居間を飛び出した。

廊下を駆けていくと、書斎のドアが開いていた。とりあえずその中へ飛び込む。

「わ!?」

箪笥が倒れ、引き出しやその中身、上に乗っていた置物などが部屋中に散らばっていた。

それらの間から幸子の足がのぞいている。

「ちょっと、母さん!」

「いたたたた」

幸子の、意外と能天気な声が聞こえてくる。

それでも安心はできない。

陽は散乱した雑多な物をかき分け、とりあえずは箪笥を元通り壁際に立てた。

下から幸子が這《は》い出してくる。

見たところ、怪我《けが》はしていないようだ。

「はー……生き埋めになるかと思った」

「なにしてたの？」

強い調子でたずねた。

だが幸子はしれっとした様子で、「はい。これ」と一通の封筒を差し出してきた。

A4用紙がそのまま入る、それなりに大きな代物だ。

「これは？」

問いかけつつ、こたえを待たずに封筒を開けた。

中には通帳と書類が入っていた。

通帳を開くと、名義が陽になっている。残高は百万円近い。

確認するまでもないことだが、こんな口座を開いた覚えはなかった。

「遺産」

と幸子が言った。

「遺産？」

「父さんお金貯めてたのよ。あんたのために少しずつ。結局は使う機会がなかったけど」

「そんな……」

まったく知らなかった。

父は本当に不器用だったんだな、と思う。言ってくれればよかったのに。

陽は書類を母に見せた。

「これは？」

「特許書。黒猫占いの」

足もとから「にゃあ」という鳴き声が聞こえてきた。

見ると、いつの間にかルーとシーも来ていた。大きな音に驚いていたはずなのに、もう警戒を解いたらしい。

陽は母に確認した。

「本当なんだ？」

幸子がなにか言う前に、ルーとシーが「にゃあ」と繰り返した。


引っ越しの総仕上げだった。

美紀と二人で玄関から荷物を運びだしていく。レンタカーを使えば、アパートから実家までは三十分もかからない。

「ねえ、美紀」

陽は彼女の背中に、おそるおそる声をかけた。

つい五分ほど前、「占いの学校に通おうと思う」と打ち明けたところ、それっきり口をきかなくなってしまったのだ。

それどころか、目も合わせてくれない。

「怒ってる?」

陽が訊くと、美紀は衣類をまとめた袋をどさっ! と床に置いた。

「――未婚なのに子供ができて、彼氏は三十五歳で学生になる。私いま、相当、頭ぐちゃぐちゃなんだけど」

「とりあえず体験入学、してみるだけ」

陽は言った。

ようやく美紀が振り向き、目を合わせてくれる。

「本当に、占い師になるつもりなの?」

「いや、それはまださ――」

「なってよ」

「え？」

聞き間違いかと思った。

美紀が、照れくさそうにうつむく。

「なってほしい。まだ頭グチャグチャだけど、なんか……嬉しいから」

「そう？」

美紀は昔、黒猫占いに救われたことがあるという。だから「嬉しい」と感じているのかもしれない。

運命を感じた相手が、陽が、父と同じ職業を目指そうとしているから。

「そうだ」

美紀はそう言い、ポケットから古いお守りを取り出した。

「整理してたら出てきたの。――手、出して」

言われるままに手を差し出し、手のひらを上へ向けた。

美紀がお守りの口を開く。

それを逆さにして、中身を陽の手に落とした。

黒と銀色をした、小指の先ほどの物体が転がる。

「なにこれ？」

「陽くんのお父さんからもらった、きびなごの頭」

当時、父が黒猫占いのときに使ったものか。

「取ってたんだ？」

「ちゃんと防腐剤も入れてたから、汚くないよ」

たしかにカラリと乾いていて、不潔な印象はなかった。

ルーとシーが下から見上げている。餌《えさ》だと思ったのかもしれない。

「陽くんにあげる」

美紀が言った。

陽はそのちっぽけなプレゼントをじっと見つめた。

なぜかあの日の――雨の日の光景がまたよみがえった。

父と陽、それにルーとシーは、佐藤がくれた傘を使い、全員で一つになって帰ったのだ。

いまになって、やっと陽は思えた。

父と、もっと話がしたかったと。


（下巻につづく）

くろねこルーシー　上

平成24年2月2日　初版発行

著者　倉木佐斗志
原案　永森裕二
監修　川上 亮
協力　アミューズメントメディア総合学院
　　　AMG出版工房
カバーデザイン　渡辺高志
写真　関 由香

発行人　牧村康正
発行所　株式会社竹書房
〒102-0072 東京都千代田区飯田橋2-7-3
電話：03-3264-1576(代表)
　　　03-3234-6244(編集)
http://www.takeshobo.co.jp
振替:00170-2-179210
印刷所　凸版印刷株式会社

定価はカバーに表示してあります。乱丁・落丁の場合には当社にてお取り替え致します。
ISBN978-4-8124-4762-8　C0174
Printed in Japan

くろねこルーシー

Chat Noir Lucy

上